Karl Marx

Enthüllungen über den Kommunisten-Prozess zu Köln

Anatiposi

Karl Marx

Enthüllungen über den Kommunisten-Prozess zu Köln

Unveränderter Nachdruck der Originalausgabe von 1853.

1. Auflage 2023 | ISBN: 978-3-38205-314-7

Anatiposi Verlag ist ein Imprint der Outlook Verlagsgesellschaft mbH.

Verlag: Outlook Verlag GmbH, Zeilweg 44, 60439 Frankfurt, Deutschland
Vertretungsberechtigt: E. Roepke, Zeilweg 44, 60439 Frankfurt, Deutschland
Druck: Books on Demand GmbH, In de Tarpen 42, 22848 Norderstedt, Deutschland

Enthüllungen

über den

Kommunisten-Prozeß

zu

Köln.

~~~~~~~~~~~~~~~~~~~~~~~~~~~~~~~~

1853.

Inhalt:

I. Vorläufiges.

II. Das Archiv Dietz.

III. Das Komplott Cherval.

IV. Das Original-Protokollbuch.

V. Das Begleitschreiben des rothen Katechismus.

VI. Die Fraktion Willich-Schapper.

VII. Das Urtheil.

I. Vorläufiges.

Nothjung wurde am 10. Mai 1851 in Leipzig verhaftet, kurz darauf Bürgers, Röser, Daniels, Becker u. s. w. Am 4. Oktober 1852 erschienen die Verhafteten vor den Kölner Assisen unter der Anklage „hochverrätherischen Komplotts“ gegen den preußischen Staat. Die Untersuchungshaft — Zellengefängniß — hatte also an 1½ Jahre gewährt.

Bei der Verhaftung von Nothjung und Bürgers fand man das „Manifest der kommunistischen Partei“ vor, die „Statuten des Bundes der Kommunisten“ (einer kommunistischen Propagandagesellschaft), 2 Ansprachen der Centralbehörden dieses Bundes, endlich einige Adressen und Druckschriften. Nachdem die Verhaftung des Nothjung schon 8 Tage bekannt war, fielen Haussuchungen und Verhaftungen in Köln vor. Wenn also noch etwas zu finden gewesen wäre, so war es jetzt sicher verschwunden. In der That beschränkte sich der Fang auf einige irrelevante Briefe. 1½ Jahre später, als die Verhafteten endlich vor den Geschwornen erschienen, war das bonafide Material der Anklage auch nicht um ein einziges Document vermehrt. Dennoch hatten sämmtliche Behörden des preußischen Staats, wie das öffentliche Ministerium (vertreten durch v. Seckendorf und Sädt) versichert, die angestrengteste und vielseitigste Thätigkeit entwickelt. Womit waren sie also beschäftigt? Nons verrons!

Die ungewöhnliche Dauer der Untersuchungshaft wurde in der sinnreichsten Weise motivirt. Erst hieß es, die sächsische Regierung wolle Bürgers und Nothjung nicht an Preußen ausliefern. Das Gericht zu Köln reklamirte vergeblich bei dem Ministerium zu Berlin, das Ministerium zu Berlin vergeblich bei den Behörden in Sachsen. Indeß der sächsische Staat ließ sich erweichen.

1*

Bürgers und Nothjung wurden ausgeliefert. Endlich
Oktober 1851 war die Sache so weit gediehen, daß die
Akten dem Anklagesenat des Kölner Appellhofs vorlagen.
Der Anklagesenat entschied, „daß kein objectiver
Thatbestand für die Anklage vorliege und — die
Untersuchung daher von Neuem beginnen müsse." Der
Diensteifer der Gerichte war unterdeß angefacht worden
durch ein eben erlassenes Disciplinargesetz, das
die preußische Regierung befähigte, jeden ihr mißliebigen
richterlichen Beamten zu beseitigen. Diesmal also wurde der Proceß sistirt, weil kein Thatbestand vorlag. In
dem folgenden Assisenquartal mußte er aufgeschoben werden, weil zu viel Thatbestand vorlag. Der Aktenstoß
hieß es, sei so enorm, daß der Ankläger sich nicht durch-
arbeiten könne. Er arbeitete sich nach und nach durch,
der Anklageakt wurde den Verhafteten zugestellt, die Er-
öffnung der Verhandlungen für den 28. Juli angesagt.
Unterdeß war aber das große Regierungstriebrad des
Prozesses, Polizeidirektor Schulze, erkrankt. Die Angeklagten hatten auf Schulzens Gesundheit 3 fernere Monate zu sitzen. Zum Glück starb Schulze, das Publikum ward ungeduldig, die Regierung mußte den Vorhang
aufziehen.

Während dieser ganzen Periode hatten die Polizeidi-
rektion in Köln, das Polizeipräsidium in Berlin, die Ministerien der Justiz und des Innern fortwährend in den
Gang der Untersuchung eingegriffen, in derselben Weise
wie später ihr würdiger Repräsentant Stieber als Zeuge
in die öffentlichen Gerichtsverhandlungen zu Köln ein-
griff. Es gelang der Regierung, ein Geschwornengericht
zu Stande zu bringen, wie es in den Annalen der Rhein-
provinz unerhört ist. Neben Mitgliedern der hohen
Bourgeoisie (Helstadt, Leiden, Joest), städtisches Patriciat
(von Bianca, von Rath,) Krautjunker (Häbling von Lan-
zenauer, Freiherr von Fürstenberg zc,) 2 preußische Re-
gierungsräthe, darunter ein königlicher Kammerherr (v.
Münch-Bellinghausen), endlich ein preußischer Professor
Kräusler. In dieser Jury waren also sämmtliche der

in Deutschland herrschenden Klassen vertreten und nur sie waren vertreten.

Vor dieser Jury, scheint es, konnte die pr. Regierung den geraden Weg einschlagen und einen einfachen Tendenzprozeß machen. Die von Bürgers, Nothjung ꝛc. als echt anerkannten und bei ihnen selbst abgefaßten Documente bewiesen zwar kein Komplott; sie bewiesen überhaupt keine Handlung, die durch den code pénal vorgesehen ist, allein sie bewiesen unwiderleglich die Feindschaft der Angeklagten gegen die bestehende Regierung und die bestehende Gesellschaft. Was der Verstand des Gesetzgebers versäumte, konnte das Gewissen der Geschwornen nachholen. War es nicht eine List der Angeklagten, ihre Feindschaft gegen die bestehende Gesellschaft so einzurichten, daß sie gegen keine Paragraphen des Gesetzbuchs verstieß? Hört eine Krankheit auf ansteckend zu sein, weil sie in der Nomenclatur der Medicinalpolizeiordnung fehlt? — Hätte sich die pr. Regierung darauf beschränkt, aus dem thatsächlich vorliegenden Material die S c h ä d l i c h k e i t der Angeklagten nachzuweisen und die Jury sich damit begnügt, sie durch ihr „schuldig“. u n s c h ä d l i c h zu machen, wer konnte Regierung und Jury angreifen? Niemand als der blöde Schwärmer, der einer pr. Regierung und den in Preußen herrschenden Klassen Stärke genug zutraut, auch ihren Feinden, so lange sie sich auf dem Gebiete der Discussion und der Propaganda halten, freien Spielraum gewähren zu können.

Indeß die preußische Regierung hatte sich selbst von dieser breiten Heerstraße politischer Prozesse abgeschnitten. Durch die ungewöhnliche Verschleppung des Prozesses, durch die direkten Eingriffe des Ministeriums in den Gang der Untersuchung, durch die geheimnißvollen Hinweisungen auf ungeahnte Schrecken, durch Prahlereien Europa umstrickender Verschwörung, durch die eclatant brutale Behandlung der Gefangenen war der Prozeß zu einem proces monstre aufgeschwellt, die Aufmerksamkeit der europäischen Presse auf ihn gelenkt und die argwöhnische Neugierde des Publikums aufs Höchste gespannt.

Die pr. Regierung hatte sich in eine Position gedrängt, wo die Anklage Anstandshalber Beweise liefern und die Jury Anstandshalber Beweise verlangen mußte. Die Jury stand wieder selbst vor einer andern Jury, vor der Jury der öffentlichen Meinung.

Um den ersten Fehlgriff gut zu machen, mußte die Regierung einen zweiten begehen. Die Polizei, die während der Untersuchung als Instructionsrichter fungirte, mußte während der Verhandlungen als Zeuge auftreten. Neben dem normalen Ankläger mußte die Regierung einen anormalen hinstellen, neben die Procuratur die Polizei, neben einen Saedt und Seckendorf, einen Stieber mit seinem Wermuth, seinem Vogel Greif und seinem Goldheimchen. Die Intervention einer dritten Staatsgewalt vor Gericht war unvermeidlich geworden, um der juristischen Anklage Thatsachen, nach deren Schatten sie vergeblich jagte, durch die Wunderwirkungen der Polizei fortlaufend zu liefern. Das Gericht begriff so sehr diese Stellung, daß Präsident, Richter und Procurateur mit der rühmlichsten Resignation ihre Rolle wechselweise an den Polizeirath und Zeugen Stieber abtraten und beständig hinter Stieber verschwanden. Ehe wir nun fortgehen zur Beleuchtung dieser Polizeioffenbarungen, auf denen der „objective Thatbestand" beruht, den der Anklagesenat nicht zu finden wußte, noch eine Vorbemerkung.

Aus den Papieren, die man bei den Angeklagten abfaßte, wie aus ihren eignen Aussagen ergab sich, daß eine deutsche kommunistische Gesellschaft existirt hatte, deren Centralbehörde ursprünglich in London saß. Am 15. September 1850 spaltete sich diese Centralbehörde. Die Majorität — der Anklageakt bezeichnet sie als „Partei Marx" — verlegte den Sitz der Centralbehörde nach Köln. Die Minorität — später von den Kölnern aus dem Bunde ausgestoßen — etablirte sich als selbstständige Centralbehörde zu London und stiftete hier und auf dem Continent einen Sonderbund. Der Anklageakt nennt diese Minorität und ihren Anhang die „Partei Willich-Schapper."

Saedt-Seckendorf behaupten, rein persönliche Miß-
helligkeiten hätten die Spaltungen der Londoner Centralbehörden veranlaßt. Lange vor Saedt-Seckendorf hatte
schon der „ritterliche Willich" über die Gründe der Spaltung die infamsten Gerüchte in der Londoner Emigration
herumgeklatscht und an Herrn Arnold Ruge, diesem 5ten
Rad am Staatswagen der europäischen Central-Demo-
mokratie, und ähnlichen Leuten bereitwillige Gossen in
die deutsche und die amerikanische Presse gefunden. Die
Demokratie begriff, wie leicht sie sich den Sieg über die
Kommunisten machte, wenn sie den „ritterlichen Willich"
zum Repräsentanten der Kommunisten improvisirte. Der
ritterliche Willich begriff seinerseits, daß die Partei Marx
die Gründe der Spaltung nicht enthüllen konnte, ohne
eine geheime Gesellschaft in Deutschland zu verrathen
und ohne speciell die Kölner Centralbehörde der väter-
lichen Sorgfalt der pr. Polizei Preis zu geben. Diese
Umstände existiren jetzt nicht mehr und wir citiren daher
einige wenige Stellen aus dem l e t z t e n Protokolle der
Londoner Central-Behörde d. d. 15. September 1850.

In der Motivirung seines Antrages auf Trennung
sagt Marx unter Anderem wörtlich: „An die Stelle der
kritischen Anschauung setzt die Minorität eine dogmati-
sche, an die Stelle der materialistischen eine idealistische.
Statt der wirklichen Verhältnisse wird ihr der b l o ß e
W i l l e zum Triebrad der Revolution. Während wir
den Arbeitern sagen: Ihr habt 15, 20, 50 Jahre Bür-
gerkriege und Völkerkämpfe durchzumachen, nicht nur
um die Verhältnisse zu ändern, sondern um Euch selbst
zu ändern und zur politischen Herrschaft zu befähigen,
sagt Ihr im Gegentheil: „Wir müssen gleich zur Herrschaft kommen oder wir können uns schlafen legen."
Während wir speciell die deutschen Arbeiter auf die un-
entwickelte Gestalt des deutschen Proletariats hinweisen,
schmeichelt Ihr aufs Plumpste dem Nationalgefühl und
dem Standesvorurtheil der deutschen Handwerker, was
allerdings populärer ist. Wie von den Demokraten das
Wort V o l k zu einem heiligen Wesen gemacht wird, so

von Euch das Wort Proletariat. Wie die Demokraten schiebt Ihr der revolutionären Entwicklung die Phrase der Revolution unter 2c. 2c."

Herr Schapper sagte in seiner Antwort wörtlich: „Ich habe die hier angefochtene Ansicht ausgesprochen, weil ich überhaupt in dieser Sache enthusiastisch bin. Es handelt sich darum, ob wir im Anfange selbst köpfen oder geköpft werden. (Schapper versprach sogar in einem Jahre, also am 15. September 1851 geköpft zu sein.) In Frankreich werden die Arbeiter dran kommen und damit wir in Deutschland. Wäre das nicht, so würde ich mich allerdings schlafen legen und dann könnte ich eine andere materielle Stellung haben. Kommen wir dran, so können wir solche Maßregeln ergreifen, daß wir die Herrschaft des Proletariats sichern. Ich bin fanatisch für diese Ansicht, die Centralbehörde aber hat das Gegentheil gewollt 2c. 2c."

Man sieht: es waren nicht persönliche Gründe, die die Centralbehörde spalteten. Es wäre indeß eben so falsch von prinzipieller Differenz zu sprechen. Die Partei Schapper-Willich hat nie auf die Ehre Anspruch gemacht, eigne Ideen zu besitzen. Was ihr gehört, ist das eigenthümliche Mißverständniß fremder Ideen, die sie als Glaubensartikel fixirt und als Phrase sich angeeignet zu haben meint. Nicht minder unrichtig wäre es, die Partei Willich-Schapper mit der Anklage als „Partei der That" zu bezeichnen, es sei denn, daß man unter That einen unter Wirthshauspolterei, erlogenen Konspirationen und inhaltslosen Scheinverbindungen versteckten Müßiggang versteht.

II. Das Archiv Dietz.

Das bei den Angeklagten vorgefundene „Manifest der kommunistischen Partei" vor der Februar Revolution gedruckt, seit Jahren im Buchhandel befindlich, konnte seiner Form und Bestimmung nach nicht das Programm eines „Komplotts," sein. Die saisirten Ansprachen der Centrabehörde beschäftigten sich ausschließlich mit dem Verhältniß der Communisten zur künftigen Regierung der Demokratie, also nicht mit der Regierung Friederich Wilhelm IV. Die Statuten endlich waren Statuten einer geheimen Propagandagesellschaft, aber Code penal enthält keine Strafen gegen geheime Gesellschaften. Als letzte Tendenz dieser Propaganda wird die Zertrümmerung der bestehenden Gesellschaft ausgesprochen, aber der pr. Staat ist schon einmal untergegangen und kann noch zehnmal wieder untergehen und definitiv untergehen, ohne daß der bestehenden Gesellschaft auch nur ein Haar ausfällt. Die Communisten können den Auflösungsprozeß der bürgerlichen Gesellschaft beschleunigen helfen und dennoch der bürgerlichen Gesellschaft die Auflösung des pr. Staates überlassen. Wessen direkter Zweck es wäre, den preußischen Staat zu stürzen und wer zu diesem Behuf die Zertrümmerung der Gesellschaft als Mittel lehrte, der gliche jenem verrückten Ingenieur, der die Erde sprengen wollte, um einen Misthaufen aus dem Weg zu räumen.

Aber wenn das Endziel des Bundes der Umsturz der Gesellschaft, so ist sein Mittel nothwendig die politische Revolution, und er implizirt den Umsturz des pr. Staats, wie ein Erdbeben den Umsturz des Hühnerstalls implizirt. — Aber die Angeklagten gingen nun einmal von der frevelhaften Ansicht aus, daß die jetzige pr. Regierung auch ohne sie fallen werde. Sie stifteten daher keinen Bund zum Sturz der jetzigen pr. Regierung, sie machten sich keines „hochverrätherischen Komplotts" schuldig.

Hat man die ersten Christen je angeklagt, ihr Zweck sei, den ersten besten römischen Winkelpräfekten zu stürzen? Die pr. Staatsphilosophen v. Leibnitz bis Hegel haben an der Absetzung Gottes gearbeitet und wenn ich Gott absetze, setze ich auch den König von Gottesgnaden ab. Hat man sie aber wegen Attentat auf das Haus Hohenzollern verfolgt?

Man konnte also die Sache drehen und wenden wie man wollte, das vorgefundene Corpus delicti verschwand wie ein Gespenst vor dem Tageslicht der Öffentlichkeit. Es blieb bei der Klage des Anklagesenats, daß „kein objectiver Thatbestand" vorliege und die Parthei Marx war böswillig genug während der 1½ Jahre, die die Untersuchung währt, kein Jota zu dem vorliegenden Thatbestand zu liefern.

Diesem Mißstand mußte abgeholfen werden. Die Parthei Willich-Schapper, in Verbindung mit der Polizei, half ihm ab. Sehen wir, wie Herr Stieber, der Geburtshelfer dieser Parthei, sie in den Kölner Prozeß eingeführt. (Siehe die Zeugenaussage Stiebers in der Sitzung vom 18. Okt. 1852).

Während Stieber sich im Frühling 1851 in London befand, angeblich die Besucher der Industrieausstellung vor Stiebern und Diebern zu schützen, sandte ihm das Berliner Polizei-Präsidium die Kopie der bei Nothjung gefundenen Papiere, „namentlich, schwört Stieber, wurde ich auf das Archiv der Verschwörung aufmerksam gemacht, welches nach den bei Nothjung gefundenen Papieren in London bei einem gewissen Oswald Dietz liegen und die ganze Korrespondenz der Bundes-Mitglieder enthalten mußte."

Das Archiv der Verschwörung? Die ganze Korrespondenz der Bundes-Mitglieder? Aber Dietz war der Secretair der Willich-Schapper'schen Centralbehörde. Befand sich also das Archiv einer Verschwörung bei ihm, so war es das Archiv der Willich-Schapperschen Verschwörung. Fand sich bei Dietz eine Bundeskorrespondenz, so konnte es nur die Korrespondenz des den Kölner Angeklagten feindlichen Sonderbundes sein. Aus der Musterung der bei Nothjung vorgefundenen Documente folgt indessen noch mehr, nämlich daß nichts darin auf den Oswald Dietz als Archiv-Verwahrer hinwies. Wie sollte Nothjung auch in Leipzig wissen, was der Parthei Marx zu London selbst unbekannt war.

Stieber konnte nicht direkt sagen: Nun passen Sie auf meine Herrn Geschwornen! Ich habe unerhörte Entdeckungen in London gemacht. Leider beziehen sie sich auf eine Verschwörung, womit die Kölner Angeklagten nichts zu schaffen und worüber die Kölner Geschwornen nicht zu richten haben; die aber den Vorwand hergab, die Beschuldigten 1½ Jahre im Zellengefängniß zu logiren. So konnte Stieber nicht sprechen. Nothjungs Intervention war unerläßlich, um die in London gemachten Enthüllungen und aufgestöberten Dokumente in einen Scheinzusammenhang mit dem Kölner Prozeß zu bringen.

Stieber schwört nun, ein Mensch habe sich ihm erboten, das Archiv für baares Geld von Oswald Dietz zu kaufen. Die Thatsache ist einfach die: Ein gewisser Reuter, pr. Mouchard, der nie einer kommunistischen Gesellschaft angehört hat, wohnte in demselben Hause mit Dietz, erbrach dessen Pult während er abwesend war und stahl seine Papiere. Daß Herr Stieber ihn für diesen Diebstahl bezahlt hat, ist glaublich, würde Stieber aber schwerlich vor einer Reise nach van Diemens-Land beschützt haben, wäre das Manöver während seiner Anwesenheit in London bekannt geworden.

Am 5. August 1851 erhielt Stieber zu Berlin „in einem starken Packet in Wachsleinwand" von London das Archiv Dietz, nämlich einen Haufen von Dokumenten, aus „sechzig einzelnen Piecen." So schwört Stieber und schwört zugleich, daß dieses Packet, das er am fünften August 1851 erhielt, unter andern Briefe des leitenden Kreises, Berlin vom zwanzigsten August 1851 enthielt. Wollte man nun behaupten, Stieber begehe einen Meineid, wenn er versichert am 5.Aug. 1851 Briefe vom 20.Aug. 1851 erhalten zu haben, so würde er mit Recht antworten, daß ein königl. pr. Rath dasselbe Recht hat wie der Evangelist Matthäus, nämlich chronologische Wunder zu begehen.

En passant. Aus der Aufzählung der der Parthei Willich-Schapper entwandten Dokumente und aus den Daten dieser Dokumente folgt, daß diese Parthei, obgleich durch den Einbruch des Reuter gewarnt, noch fortwährend Mittel fand, sich Dokumente stehlen und sie an die pr. Polizei gelangen zu lassen.

Als Stieber sich im Besitz des in starker Wachsleinwand eingewickelten Schatzes fand, wurde ihm unendlich wohl. „Das ganze Gewebe, schwört er, lag klar vor meinen Augen enthüllt." Und was barg der Schatz in Bezug auf die Parthei Marx und die Kölner Angeklagten? Nach Stiebers eigener Aussage nichts, gar nichts als „eine Originalerklärung mehrerer Mitglieder der Centralbehörde, welche offenbar den Kern der Parthei Marx bilden d. d. London den 17. Septb. 1850, betreffend ihren Austritt aus der Kommunisten-Gesellschaft in Folge des bekannten Bruchs am 15. Sept. 1850. So sagt Stieber selbst, aber auch in dieser harmlosen Aussage vermag er nicht einfach das Faktum zu sagen. Er ist gezwungen, es in eine höhere Potenz zu erheben, um ihm polizeiliche Wichtigkeit zu geben. Jene Originalerklärung enthält nämlich nichts als eine in drei Zeilen bestehende Anzeige der Majoritäts-Mitglieder der ehemaligen Centralbehörde und ihrer Freunde, daß sie aus dem öffentlichen Arbeiterverein der Great Windmill Street austreten, nicht aber aus einer „Komunistengesellschaft."

Stieber konnte seinen Korrespondenten die Wachsleinwand und seiner Behörde die Porto-Kosten ersparen. Er brauchte nur verschiedene deutsche Blätter vom September 1850 durchzustöbern, und Stieber fand gedruckt, schwarz auf weiß, eine Erklärung des „Kernes der Parthei Marx," worin sie mit ihrem Austritt aus dem Flüchtlingskomite zugleich ihren Austritt aus dem Arbeiterverein der Great-Windmill anzeigen.

Das nächste Resultat der Stieber'schen Recherchen war also die unerhörte Entdeckung, daß der Kern der Parthei Marx aus dem öffentlichen Verein der Great-Windmill am 17. Sept. 1850 ausgetreten sei. „Das ganze Gewebe des kölnischen Komplotts lag klar vor seinen Augen enthüllt." Das Publikum aber traute seinen Augen nicht.

III. Das Komplott Cherval.

Stieber wußte indeß mit dem gestohlenen Schatz zu

wuchern. Die ihm am 5. August 1851 zugekommenen Papiere führten zur Entdeckung des sogenannten „deutsch-französischen Komplotts zu Paris." Sie enthielten nämlich 6 Berichte des von Willich-Schapper abgesandten Emissairs Adolph Meyer d. d. Paris und 5 Berichte des leitenden Kreises Paris an die Central-Behörde Willich-Schapper. (Zeugenaussage Stieber's in der Sitzung vom 18. Oktober.) Stieber unternimmt eine diplomatische Lustreise nach Paris und macht dort die persönliche Bekanntschaft des großen Carlier, der so eben in der berüchtigten Affaire der Goldbarrenlotterie den Beweis geliefert hatte, daß er zwar ein großer Feind der Kommunisten, aber ein noch größerer Freund von fremdem Privateigenthum sei.

„Dem gemäß reiste ich im September 1851 nach Paris ab. Ich fand in dem damaligen dortigen Polizeipräfekten Carlier die bereitwilligste Unterstützung...... Durch französische Polizeiagenten wurden die in den Londoner Briefen enthüllten Fäden schnell und sicher aufgefunden; es gelang, die Wohnungen der einzelnen Chefs der Verschwörung zu ermitteln und alle ihre Bewegungen, namentlich alle ihre Versammlungen und Korrespondenzen zu beobachten. Man ermittelte dort sehr arge Dinge...... Ich mußte den Anforderungen des Präfekten Carlier nachgeben und es wurde in der Nacht vom 4. zum 5. September 1851 eingeschritten." (Aussage Stieber's vom 18. Oktober.)

Im September reist Stieber von Berlin ab. Nehmen wir an den 1. September. Abends den 2. September traf er im besten Fall zu Paris ein. In der Nacht vom 4. wird eingeschritten. Bleiben also für die Besprechung mit Carlier und die Ergreifung der nöthigen Maßregeln 36 Stunden. In diesen 36 Stunden werden nicht nur die Wohnungen der einzelnen Chefs „ermittelt"; alle ihre Bewegungen, alle ihre Versammlungen, alle ihre Korrespondenzen werden „beobachtet," natürlich erst nachdem ihre „Wohnungen ermittelt" sind. Stieber's Ankunft bewirkt nicht nur eine wunderthätige „Schnel-

ligkeit und Sicherheit der franz. Polizeiagenten," sie
macht auch die conspirirenden Chefs „bereitwillig," in
24 Stunden so viel Bewegungen, Versammlungen und
Korrespondenzen zu begehen, daß schon am andern Abend
gegen sie eingeschritten werden kann.

Aber nicht genug, daß am 3. die Wohnungen der einzelnen Chefs ermittelt, alle ihre Bewegungen, Versammlungen und Korrespondenzen beobachtet sind: „französ.
Polizeiagenten, schwört Stieber, finden Gelegenheit, den
Sitzungen der Verschworenen beizuwohnen und die Beschlüsse derselben über das Verfahren bei der nächsten
Revolution mit anzuhören." Kaum haben also die Polizeiagenten die Versammlungen beobachtet, so finden sie
durch die Beobachtung Gelegenheit beizuwohnen und
kaum wohnen sie einer Sitzung bei, so werden es mehrere
Sitzungen und kaum sind es ein paar Sitzungen, so
kommt es auch schon zu Beschlüssen über das Verfahren
bei der nächsten Revolution — und Alles an demselben
Tage. An demselben Tag, wo Stieber den Carlier, lernt
Carlier's Polizeipersonal die Wohnungen der einzelnen
Chefs, lernen die einzelnen Chefs das Polizeipersonal
Carlier's kennen, laden es denselben Tag in ihre Sitzungen ein, halten ihnen zu Gefallen denselben Tag eine
ganze Reihe von Sitzungen und können sich nicht von
ihnen trennen, ohne noch eiligst Beschlüsse über das Verfahren bei der nächsten Revolution zu fassen.

So bereitwillig Carlier sein mochte — und Niemand
wird an seiner Bereitwilligkeit zweifeln, — 3 Monate
vor dem Staatsstreich ein kommunistisches Komplott zu
entdecken, — Stieber muthet ihm mehr zu als er leisten
konnte. Stieber verlangt Polizeiwunder; er verlangt sie nicht
nur, er glaubt sie auch; er glaubt sie nicht nur, er beschwört sie.

„Beim Beginne des Unternehmens, nämlich des Ein-
schreitens, verhaftete ich zuerst persönlich mit einem franz.
Kommissair den gefährlichen Cherval, den Hauptchef der
franz. Kommunisten. Er widersetzte sich heftig und es
entstand ein hartnäckiger Kampf mit ihm." So Stieber's Aussage vom 18. Oktober.

„Cherval verübte in Paris ein Attentat auf mich und zwar in meiner eignen Wohnung, in welche er sich während der Nacht eingeschlichen, und wobei meine Frau, die mir bei dem dadurch veranlaßten Kampfe zu Hülfe kam, verwundet wurde." So Stieber's andre Aussage vom 27. Oktober.

In der Nacht vom 4. auf den 5. schreitet Stieber bei Cherval ein und es entsteht ein Faustkampf, worin Cherval sich widersetzt. In der Nacht vom 3. auf den 4. schreitet Cherval bei Stieber ein, und es entsteht ein Faustkampf, worin Stieber sich wiedersetzt. Aber am 3. herrschte ja gerade die entente cordiale zwischen Verschwörern und Polizeiagenten, wodurch so Großes an einem Tag geleistet ward. Jetzt soll nicht nur Stieber am 3. hinter die Verschwörer, sondern die Verschwörer sollen am 3. auch hinter den Stieber gekommen sein. Während Carlier's Polizeiagenten die Wohnungen der Verschwörer, entdeckten die Verschwörer die Wohnung Stieber's. Während er ihnen gegenüber eine „beobachtende," spielen sie ihm gegenüber eine thätige Rolle. Während er von ihrem Komplott gegen die Republik träumt, sind sie mit einem Attentat auf seine Person beschäftigt.

Stieber fährt in seiner Aussage vom 18. Oktober fort: „Bei diesem Kampfe (wo Stieber in der Offensive) bemerkte ich, daß Cherval bemüht war, ein Papier in den Mund zu stecken und es hinunter zu schlucken. Es gelang nur mit Mühe die Hälfte des Papiers zu retten, die andere Hälfte war schon verzehrt."

Das Papier befand sich also im Munde, zwischen den Zähnen des Cherval, denn nur die eine Hälfte ward gerettet, die andere war schon verzehrt. Stieber und sein Helfershelfer, Polizei-Commissair oder wer sonst, konnten die andere Hälfte nur retten, indem sie ihre Hände in den Rachen des „gefährlichen Cherval" steckten. Die nächste Art wie Cherval sich gegen einen solchen Angriff vertheidigen konnte, war die des Beißens, und wirklich meldeten die Pariser Blätter, Cherval habe die Frau

Stieber gebiſſen, aber in dieſer Scene wohnte dem Stieber nicht die Frau bei, ſondern der Polizei-Comiſſair. Dagegen erklärt Stieber, bei dem Attentat, das Cherval in ſeiner eignen Wohnung verübt, ſei Frau Stieber, die ihm zu Hülfe gekommen, verwundet worden. Stellt man die Ausſagen Stieber's und die Ausſage der Pariſer Journale zuſammen, ſo ſcheint es, daß Cherval in der Nacht vom 3. auf den 4. Frau Stieber biß, um die Papiere zu retten, die Herr Stieber ihm in der Nacht vom 4. auf den 5. aus den Zähnen riß. Stieber wird uns antworten, daß Paris eine Wunderſtadt iſt und daß ſchon Larochefouleould erklärt hat, in Frankreich ſei alles möglich.

Laſſen wir einen Augenblick den Wunderglauben, ſo ſcheint es, daß die erſten Wunder entſtanden ſind, indem Stieber eine Reihe von Handlungen, die der Zeit nach weit auseinander liegen, in einen Tag zuſammendrängt, auf den 3. September — und die letzten Wunder, indem er verſchiedene Thatſachen, die an einem Abend und an einem Ort vorfielen, an 2 verſchiedene Nächte und 2 verſchiedene Orte vertheilt. Wir ſtellen einer Erzählung von Tauſend und Einer Nacht den wirklichen Thatbeſtand gegenüber. Vorher noch ein verwunderliches Faktum, wenn auch kein Wunder. Stieber entriß eine Hälfte des von Cherval verſchluckten Papiers. Was enthielt die gerettete Hälfte? Das Ganze, was Stieber ſuchte. „Dieſes Papier," ſchwört er, „enthielt eine höchſt wichtige Inſtruktion für den Emiſſair Gipperich in Straßburg mit deſſen vollſtändiger Adreſſe." Jetzt zum Thatbeſtand.

Am 5. Auguſt 1851, wiſſen wir von Stieber, erhielt er das in ſtarke Wachsleinwand verpackte Archiv Dietz. Am 8. oder 9. Auguſt 1851 fand ſich zu Paris ein gewiſſer Schmidt ein. Schmidt ſcheint der unvermeidliche Name für die incognito reiſenden pr. Polizeiagenten. Stieber reiſt 1845—1846 als Schmidt im Schleſiſchen Gebirge, ſein Londoner Agent Fleury reiſt 1851 als Schmidt nach Paris. Er ſucht hier die einzelnen Chefs der Willich-Schapper'schen Verschwörung und findet zunächst Cherval. Er giebt vor, aus Köln entflohen zu sein und von dort die Bundeskasse mit 500 Thalern gerettet zu haben. Er beglaubigt sich durch Mandate von Dresden und verschiedenen andern Orten, spricht von Reorganisation des Bundes, Vereinigungen der verschiedenen Parteien, da die Spaltungen auf rein persönlichen Differenzen beruhten, — die Polizei predigte schon damals Einigkeit und Einigung — und versprach die 500 Thaler zu verwenden, um den Bund wieder in Flor zu bringen. Nach und nach lernt Schmidt die einzelnen Chefs der Schapper-Willich'schen Bundesgemeinden in Paris kennen. Er erfährt nicht nur ihre Adressen, er besucht sie, er spionirt ihre Korrespondenzen aus, er beobachtet ihre Bewegungen, er dringt in ihre Sitzungen, er treibt sie voran als agent provocateur. Cherval speziell renommirt um so mehr, je bewundernder Schmidt ihn als den großen Unbekannten des Bundes rühmt, als den „Hauptchef," der bisher nur seine eigene Wichtigkeit ignorirt, was schon manchem großen Manne passirt ist. Eines Abends, als Schmidt sich mit Cherval in die Bundessitzung begibt, verliest Cherval seinen berühmten Brief an Gipperich vor dessen Abschickung. So erfuhr Schmidt die Existenz des Gipperich. „Sobald Gipperich nach Straßburg zurückgekehrt ist, bemerkte Schmidt, wollen wir ihm gleich eine Anweisung auf die 500 Thaler geben, die zu Straßburg liegen. Hier haben Sie die Adresse des Mannes, der das Geld verwahrt, geben Sie mir dagegen die Adresse des Gipperich, um sie dem Manne, dem er sich vorstellen wird, als Legitimation zuzuschicken." So erhielt Schmidt die Adresse des Gipperich. Denselben Abend, wo Cherval den Brief an Gipperich abschickte, wurde Gipperich eine Viertelstunde später vermittelst des elektrischen Telegraphen verhaftet, Haussuchung bei ihm gehalten, der berühmte Brief aufgefangen. Gipperich wurde vor Cherval verhafet.

Kurze Zeit nachher theilte Schmidt dem Cherval mit,

ein preußischer Polizeikerl Namens Stieber sei in Paris angekommen. Er habe nicht nur dessen Wohnung entdeckt, sondern auch von dem garçon eines gegenüberliegenden Caffee's gehört, Stieber habe unterhandelt, um ihn, Schmidt, arretiren zu lassen. Cherval sei der Mann, um dem elenden pr. Polizisten ein Andenken zu geben. „Er wird in die Seine geschmissen" antwortet Cherval. Beide verabredeten sich, den nächsten Tag in Stieber's Wohnung zu dringen, unter irgend einem Vorwand seine Anwesenheit zu constatiren und sich sein Personale zu merken. Den nächsten Abend unternahmen unsere beiden Helden wirklich die Expedition. Unterwegs meinte Schmidt, es sei besser, wenn Cherval sich in das Haus begebe, während er selbst vor dem Hause als Schutzwachpatrouillire. „Du fragst, fuhr er fort, bei dem Portier nach Stieber, und erklärst dem Stieber, wenn er Dich vorläßt, Du habest Herrn Sperling sprechen und bei ihm anfragen wollen, ob er den erwarteten Wechsel von Köln mitbringe. Apropos noch eins. Dein weißer Hut fällt auf, er ist zu demokratisch. Da! Setz' meinen schwarzen auf." Die Hüte werden gewechselt, Schmidt postirt sich als Schildwache, Cherval zieht die Klingel, und befand sich in der Wohnung des Stieber. Der Portier glaubte nicht, daß Stieber zu Hause sei und schon wollte sich Cherval zurückziehen, als die Treppe hinunter eine Frauenstimme rief: „Ja, Stieber ist zu Hause." Cherval geht der Stimme nach, deren Spuren zu einem grün bebrillten Subjekt führen, das sich als Stieber zu erkennen giebt. Cherval bringt die verabredete Formel mit dem Wechsel und dem Sperling vor. „Das geht nicht so, fällt Stieber lebhaft ein, Sie kommen hier in's Haus, fragen nach mir, werden hinauf gewiesen, ziehen dann zurück ꝛc. Das ist mir höchst verdächtig." Cherval antwortet grob, Stieber zieht die Glocke, mehrere Kerls erscheinen augenblicklich, umringen den Cherval, Stieber greift ihm nach der Rocktasche, wo ein Brief hervorlugt. Es war dies zwar keine Instruktion Chervals an Gipperich, wohl aber ein Brief Gipperich's an Cherval.

Cherval versucht den Brief zu essen, Stieber fährt ihm
in den Mund, Cherval beißt und stößt und schlägt,
Mann Stieber will die eine Hälfte, Ehehälfte Stieber
will die andre Hälfte retten, und wird für ihren Diensteifer verwundet. Der Lärm, den diese Scene verursacht,
ruft die verschiedenen Miether aus ihren Appartements.
Unterdessen aber hat einer von Stieber's Kerlen eine
goldene Uhr über das Treppengeländer geworfen und
während Cherval Mouchard! ruft, rufen Stieber und
Compagnie "au voleur!" der Portier bringt die goldene
Uhr und der Ruf au voleur! wird allgemein. Cherval
wird verhaftet und findet an der Thür zwar nicht seinen
Freund Schmidt, wohl aber 4—5 Soldaten, die ihn in
Empfang nehmen.

Vor dem Thatbestand verschwinden alle von Stieber
beschworenen Wunder. Sein Agent Fleury hat über 3
Wochen hindurch operirt, er hat nicht nur die Fäden des
Komplotts entdeckt, er hat sie mitweben helfen. Stieber
braucht nur noch von Berlin zu kommen und kann rufen: veni, vidi, vici. Er kann dem Carlier ein fertiges
Komplott zum Present machen, Carlier bedarf nur noch
der „Bereitwilligkeit" zum Einschreiten. Frau Stieber
braucht nicht am 3. von Cherval gebissen zu werden,
weil Herr Stieber am 4. dem Cherval in den Mund
greift. Die Adresse des Gipperich und die richtige Instruktion brauchen nicht, wie Jonas aus dem Bauch des
Wallfisches, aus dem Rachen des „gefährlichen Cherval"
ganz heraus zu kommen, nachdem sie halb gegessen sind.
Das Einzige, was wunderbar bleibt, ist der Wunder-
glaube der Geschwornen, denen Stieber seine Lügen-
mährchen ernsthaft aufzutischen wagen darf. Vollblütige
Träger des beschränkten Unterthanenverstandes!

„Cherval," schwört Stieber, (Sitzung vom 18. Oktober) „legte mir im Gefängniß, nachdem ich ihm zu seinem
größten Erstaunen alle seine Originalberichte, welche er
nach London geschickt, vorgelegt, und nachdem er einsah,
daß ich alles wußte, ein offenes Geständniß ab."

Was Stieber dem Cherval zunächst vorlegte, waren keineswegs dessen Originalberichte nach London. Diese ließ Stieber mit andern Dokumenten des Archivs Dietz erst später aus Berlin kommen. Was er ihm zunächst vorlegte, war ein von Oswald Dietz gezeichnetes Rundschreiben, das Cherval eben erst erhalten hatte, und einige jüngsten Briefe von Willich. Wie gelangte Stieber in ihren Besitz? Während sich Cherval mit Stieber und Ehehälfte biß und schlug, stürzte der brave Schmidt-Fleury zu Madame Cherval, einer Engländerin — Fleury als deutsch-Londoner Kaufmann spricht natürlich englisch — und sagte ihr — ihr Mann sei arretirt, die Gefahr groß, sie möchte Cherval's Papiere herausgeben, damit er nicht noch mehr compromittirt werde, Cherval habe ihn beauftragt, sie einer dritten Person einzuhändigen. Zum Beweise, daß er ein echter Abgesandter, zeigt er den weißen Hut, den er dem Cherval abnahm, weil er zu demokratisch aussah. Fleury erhielt die Briefe von Madame Cherval und Stieber erhielt sie von Fleury.

Jedenfalls stand Stieber nun auf einer günstigeren Operationsbasis als vorher in London. Die Papiere des Dietz konnte er stehlen, aber die Aussagen des Cherval konnte er machen. Er läßt also seinen Cherval (Sitz. v. 18. Oktober) „sich über die Verbindungen mit Deutschland" dahin auslassen: „er habe sich längere Zeit in den Rheinlanden aufgehalten und sei namentlich 1848 in Köln gewesen. Dort sei er mit Marx bekannt und von diesem in den Bund aufgenommen worden, den er dann in Paris auf Grund der schon vorgefundnen Elemente eifrig verbreitet habe."

1846 wurde Cherval von Schapper und auf Antrag des Schapper in den Bund zu London aufgenommen, während sich Marx in Brüssel befand und noch nicht einmal Bundesmitglied war. Cherval konnte also nicht 1848 in denselben Bund von Marx zu Köln aufgenommen werden.

Cherval reiste nach Ausbruch der März-Revolution auf einige Wochen nach Rhein-Preußen, kehrte aber von da wieder nach London zurück, wo er sich vom Ende Frühling 1848 bis Ende Sommer 1850 fortwährend aufhielt. Er kann also nicht gleichzeitig „den Bund eifrig zu Paris verbreitet haben," oder Stieber, der chronologische Wunder verrichtet, ist auch im Stand r ä u m l i c h e zu verrichten und sogar dritten Personen die Eigenschaft der Ubiquität mitzutheilen.

Marr lernte erst nach seiner Ausweisung aus Paris, September 1849, nachdem er zu London in den Arbeiterverein der Great Windmill eingetreten, unter hundert andern Arbeitern auch den Cherval oberflächlich kennen. Er kann also nicht seine Bekanntschaft 1848 zu Köln gemacht haben.

Cherval erklärte anfänglich dem Stieber über alle diese Punkte die Wahrheit. Stieber suchte ihn zu falschen Aussagen zu zwingen. Erreichte er seinen Zweck? Nur Stiebers eigene Aussage spricht dafür, also ein minus. Dem Stieber lag natürlich alles daran, Cherval in einen erlogenen Zusammenhang mit Marr zu bringen, um die Kölner Angeklagten in einen künstlichen Zusammenhang mit dem Pariser Komplott zu bringen.

Sobald sich Stieber gezwungen sieht, en détail auf die Verbindungen und Korrespondenzen von Cherval und Genossen mit Deutschland einzugehen, hütet er sich Köln auch nur zu erwähnen, spricht dagegen mit selbstgefälliger Breite von Heck in Braunschweig, Laube in Berlin, Reininger in Mainz, Tietz in Hamburg ꝛc. ꝛc., kurz von der Partei Willich - Schapper. Diese Partei, sagt Stieber, hatte „das Archiv des Bundes in Händen." Durch eine Verwechselung gerieth es aus ihren Händen in seine. Er fand in diesem Archiv n i c h t e i n e Zeile, die Cherval v o r d e r S p a l t u n g der Londoner Centralbehörde, vor dem 15. September 1850 nach London oder gar persönlich an Marr gerichtet hätte.

Durch Schmidt-Fleury ließ er der Frau Cherval die Papiere ihres Mannes abschwindeln. Er fand wieder keine Zeile, die Cherval von Marr erhalten hätte. Um diesem Mißstand abzuhelfen diktirt er dem Cherval in die Feder: „daß er mit Marx auf einen gespannten Fuß gekommen, weil derselbe, obgleich die Centralbehörde in Köln gewesen, noch die Korrespondenzen mit ihm zu führen verlangt habe." Wenn Stieber vor dem 15. Septbr. 1850 keine Korrespondenz von Marx mit Cherval findet, so rührt dies blos daher, daß Cherval nach dem 15. Septbr. 1850 jede Korrespondenz mit Marx abbrach. Pends-toi, Figaro, tu n'aurais pas trouvé cela!

Die Akten, die die pr. Regierung während der 1½jährigen Untersuchung zum Theil durch Stieber selbst gegen die Angeklagten zusammengeschleppt, widerlegten allen Zusammenhang der Angeklagten mit der Pariser Gemeinde und dem deutsch-französischen Komplott.

Die Ansprache der Londoner Centralbehörde vom Juni 1850 bewies, daß vor der Spaltung der Central-Behörde die Gemeinde in Paris aufgelöst war. Sechs im Archiv Dietz befindliche Briefe bewiesen, daß nach der Verlegung der Centralbehörde nach Köln die Gemeinden zu Paris von dem Emissair der Willich-Schapper'schen Partei, von A. Meyer, neu gestiftet waren. Die in demselben Archiv befindlichen Briefe des leitenden Kreises Paris bewiesen, daß er in feindlichem Gegensatz zur Kölner Central-Behörde stand. Der franz. Anklageakt endlich bewies, daß alles, was gegen Cherval und Genossen incriminirt wurde, erst im Jahr 1851 vorfiel. Saedt (Sitz. vom 8. Novbr.) sieht sich daher trotz der Stieber'schen Enthüllungen auf die dünne Vermuthung angewiesen, daß es doch möglich sei, daß die Partei Marx zu irgend einer Zeit in irgend ein Komplott zu Paris irgendwie einmal verwickelt gewesen, daß man aber von dieser Zeit und diesem Komplott weiter nichts wisse, als eben daß Saedt in obrigkeitlichem Auftrag sie für möglich hält. Man urtheile von Stumpfsinn der deutschen Presse, die von Saedt's Scharfsinn fabelt!

De longue main suchte die preußische Polizei dem Publikum Marx und durch Marx die Kölner Angeklagten als in das deutsch-franz. Komplott verwickelt darzustellen. Der Polizeispion Beckmann schickte während der Verhandlungen des Cherval'schen Prozesses folgende Notiz d. d. Paris 25. Febr. 1852 an die Kölnische Zeitung: „Mehrere Angeklagten sind flüchtig, darunter ein gewisser A. Meyer, der als Agent von Marx u. Co. dargestellt wird." Die Kölnische Zeitung brachte darauf eine Erklärung von Marx, daß „A. Meyer einer der intimsten Freunde des Herrn Schapper und des ehemaligen pr. Lieutenants Willich sei," ihm selbst aber gänzlich fern stehe. Jetzt in seiner Aussage vom 18. Oktober 1852 erklärt Stieber selbst: „Die am 15. Septbr. 1850 in London von der Marxischen Partei ausgeschlossenen Mitglieder der Central-Behörde sandten A. Meyer nach Frankfurt ꝛc." und theilt sogar die Korrespondenz des A. Meyer mit Schapper-Willich mit.

Ein Mitglied der Partei Marx, Conrad Schramm, wurde bei Gelegenheit der Fremdenverfolgungen zu Paris im Monat Septbr. nebst 50—60 andern anwesenden Gästen in einem Kaffeehaus verhaftet und während beinahe 2 Monaten unter der Anklage festgehalten, Theilnehmer des von dem Irländer Cherval geleiteten Komplotts zu sein. Am 16. Oktober erhielt er im Depot der Polizei-Präfectur den Besuch eines Deutschen, der ihn folgendermaßen anredete: „Ich bin pr. Staatsbeamter, Sie wissen, daß in allen Theilen Deutschlands, namentlich in Köln zahlreiche Verhaftungen in Folge der Entdeckung einer kommunistischen Gesellschaft vorgenommen worden sind. Eine Namenserwähnung in einem Briefe reicht hin, um die Verhaftung der betreffenden Person zu veranlassen. Die Regierung befindet sich einigermaßen in Verlegenheit durch die Menge von Verhafteten, von denen sie nicht weiß, ob sie etwas mit der Sache zu thun haben oder nicht. Wir wissen, daß Sie in dem Komplott france-allemand nicht betheiligt sind, dagegen mit Marx und Engels genau bekannt und ohne Zweifel über alle Einzelnheiten der deutschen kommunistischen Verbindung unterrichtet sind.

Sie würden uns sehr verbinden, wenn Sie uns die er-
forderliche Auskunft darüber geben könnten, und die Personen näher bezeichnen wollten, die schuldig oder unschul-
dig sind. Sie können dadurch zur Befreiung einer großen Menge Leute beitragen. Wenn Sie wollen, so können wir über die Erklärung einen Akt aufnehmen. Sie
haben durch eine solche Erklärung nichts zu fürchten" ꝛc.
ꝛc. Schramm wies natürlich diesem sanften pr. Staats-
beamten die Thüre, protestirte gegen dergl. Besuche beim
franz. Ministerium und wurde Ende Oktober aus Frankreich ausgewiesen.

Daß Schramm der Partei Marx angehörte, wußte
die pr. Polizei aus der bei Dietz gefundenen Austrittserklärung. Daß die Partei Marx mit dem Komplott
Cherval nicht zusammenhänge, räumte sie selber dem
Schramm ein. War eine Verbindung der Partei Marx
mit dem Komplott Cherval nachzuweisen, so konnte es
nicht in Köln geschehen, sondern nur in Paris, wo gleichzeitig mit Cherval ein Mitglied dieser Partei gefangen
saß. Aber die pr. Regierung fürchtete nichts mehr als
eine Confrontation zwischen Cherval und Schramm, die
den ganzen Erfolg, den sie sich gegen die Kölner Angeklagten von dem Pariser Prozeß versprach, im Voraus
vereiteln mußte. In der Freilassung des Schramm fällte
der franz. Untersuchungsrichter das Urtheil, daß der
Kölner Prozeß mit dem Pariser Komplott in keinem Zusammenhang stehe.

Stieber macht einen letzten Versuch: „In Betreff des
oben erwähnten Chefs der franz. Kommunisten Cherval
hat man sich lange vergeblich bemüht zu ermitteln, wer
dieser Cherval eigentlich sei. Endlich hat sich durch eine
vertrauliche Aeußerung, die Marx selbst einem Polizeiagenten machte, ergeben, daß er ein Mensch war, der
1845 aus dem Gefängniß zu Aachen, wo er wegen
Wechselfälschung saß, entwichen ist, und den Marx 1848
während der damaligen Unruhen in den Bund aufgenommen hat, von wo er nach Paris als Emissair gegangen."

So wenig wie Marx dem spiritus familiaris, dem

Polizeiagenten Stieber's mittheilen konnte, er habe den
Cherval 1848 in Köln in den Bund aufgenommen, worin Schapper ihn schon 1846 zu London aufnahm, oder
er habe ihn in London wohnen und zugleich in Paris
Propaganda haustren lassen, ebenso wenig konnte er die
Notiz, Cherval habe 1845 in Aachen gesessen und Wechsel gefälscht, die er eben erst durch die Aussage des Stieber erfuhr, dem alter ego Stiebers, dem Polizeiagenten
als solchem schon vor der Aussage Stieber's mitgetheilt
haben. Dergleichen histeron proteron sind blos einem
Stieber erlaubt. Die antique Welt hinterließ **ihren
sterbenden Fechter**, der pr. Staat hinterläßt seinen **schwörenden Stieber**.

Also lange, lange hatte man sich vergeblich bemüht zu
ermitteln, wer Cherval eigentlich sei? Abends den 2.
September kam Stieber nach Paris. Am Abend des 4.
wurde Cherval verhaftet, am Abend des 5. wurde er aus
seiner Zelle in einen spärlich erleuchteten Saal geführt.
Stieber war da, aber neben Stieber war noch ein franz.
Polizeibeamter da, ein Elsässer, der das Deutsche g·bro-
chen spricht, aber ganz versteht, ein Polizeigedächtniß besitzt und den anmaßlich servilen Berliner Polizeirath nicht
eben angenehm fand. In Gegenwart also dieses franz.
Beamten hatte folgendes Gespräch Statt: Stieber
zu deutsch: „Hören Sie 'mal, Herr Cherval, mit dem
franz. Namen und mit dem irländischen Paß wissen wir
recht gut, was es zu bedeuten hat. Wir kennen Sie,
Sie sind Rhein-Preuße, Sie heißen N. und es kommt
blos auf Sie an, sich von den Folgen zu befreien und
zwar dadurch, daß Sie uns ein ganz offenes Geständniß
machen" 2c. 2c. Cherval leugnete. Stieber: „Die
und die Personen, die Wechsel gefälscht, und aus pr. Gefängnissen entsprungen sind, wurden von den franz. Behörden nach Preußen ausgeliefert, und ich sage Ihnen
deswegen nochmals, besinnen Sie sich, es handelt sich
hier um 12 Jahre Zellengefängniß." Der franz.
Polizeibeamte: „Wir wollen dem Mann Zeit

laſſen, er ſoll ſich in ſeiner Zelle bedenken. Cherval wurde in ſeine Zelle zurückgeführt.

Stieber durfte natürlich nicht mit der Thür ins Haus fallen, er durfte dem Publikum nicht geſtehen, daß er dem Cherval mit dem Geſpenſt der Auslieferungen und des 12jährigen Zellengefängniſſes falſche Ausſagen zu expreſſen ſuchte.

Stieber hatte indeß noch immer nicht ermittelt, wer Cherval eigentlich iſt. Er nennt ihn vor den Geſchwornen immer noch Cherval und nicht N. Noch mehr. Er weiß auch nicht, wo Cherval ſich eigentlich aufhält. In der Sitzung vom 23. Oktober läßt er ihn noch in Paris ſitzen. In der Sitzung vom 27. Oktober, gedrängt durch die Frage des Advokaten Schneider II.: „ob der mehr genannte Cherval ſich nicht gegenwärtig in London aufhalte?“ antwortet Stieber: „Er könne darüber keine Auskunft geben und nur das Gerücht mittheilen, daß Cherval in Paris entſprungen ſei.“

Die pr. Regierung erlag ihrem gewöhnlichen Schickſal, düpirt zu werden. Die franz. Regierung hatte ihr erlaubt, die Kaſtanien des deutſch-franz. Komplotts aus dem Feuer zu holen, man erlaubte ihr nicht, ſie zu eſſen. Cherval hatte ſich das Wohlwollen der franz. Regierung zu erwerben gewußt und ſie ließ ihn einige Tage nach Beendigung der Pariſer Aſſiſenverhandlungen mit Gibberich nach London entfliehen. Die pr. Reg. glaubte ſich ein Werkzeug für den Kölner Prozeß in Cherval erworben zu haben, ſie hatte nur der franz. Regierung einen Agenten mehr geworben.

Einen Tag vor Cherval's Scheinflucht erſchien bei ihm ein pr. faquin in ſchwarzem Frack, Manchetten, ſchwarzem, ſtruppigem Schnurrbart, kurz geſchnittenen und dünnen gräulichen Haaren, mit einem Wort, ein ganz hübſcher Junge, der ihm ſpäter als Polizei-Lieutenant Greif bezeichnet wurde und ſich hinterher auch als Greif präſentirte. Greif hatte Zutritt zu ihm erhalten durch eine Eintrittskarte, die er direkt vom Polizei-Miniſter mit Umgehung des Polizei-Präfekten empfing. Es kißelte den Polizei-Minister, die lieben Preußen anzuführen.

Greif: „Ich bin pr. Beamter, hieher geschickt, um mit Ihnen in Unterhandlungen zu treten, Sie werden hier nie herauskommen, außer durch uns. Ich mache Ihnen einen Vorschlag. Verlangen Sie in einer Eingabe an die franz. Regierung, deren Einwilligung im Voraus zugesagt ist, nach Preußen ausgeliefert zu werden, denn wir brauchen Sie dort als Zeugen zu Köln. Nachdem Sie Ihre Schuldigkeit gethan und die Sache vorbei ist, werden wir Sie auf Ehrenwort in Freiheit setzen."

Cherval: „Ich komme auch ohne Sie heraus."
Greif mit Bestimmtheit: „Das ist unmöglich." Greif ließ auch den Gipperich herunter kommen und machte ihm den Vorschlag für 5 Tag als kommunistischer Bundes-Emmissair nach Hannover zu gehen. Auch ohne Erfolg. Den nächsten Tag waren Cherval und Gipperich entflohen. Die franz. Behörden schmunzelten, die Unglücksdepesche ging nach Berlin und noch am 23. Oktbr. schwört Stieber, daß Cherval in Paris sitzt und noch am 27. Oktober kann er keine Auskunft geben und weiß nur Gerüchtweise, daß Cherval „in Paris" entsprungen ist. Unterdessen hatte der Polizei-Lieutenant Greif den Cherval während der Kölner Verhandlungen dreimal in London besucht, unter Anderm um die Adresse des Nette in Paris zu erfahren, von dem man eine Zeugenaussage gegen die Kölner erkaufen zu können glaubte. Der Coap mißlang.

Stieber hatte Gründe, sein Verhältniß mit Cherval im Dunkeln zu lassen. N...... blieb daher immer Cherval, der Preuße blieb Irländer und Stieber weiß noch heute nicht, wo sich Cherval eigentlich aufhält und „wer der Cherval eigentlich ist."

In der Korrespondenz des Cherval mit Gibberich besaß das Trifolium Seckendorf-Saedt-Stieber endlich was es wünschte: „Schinderhannes, Karlo Moor

Nahm ich mir als Muster vor."
Der Brief Cherval's an Gipperich, damit er sich ja

recht tief der trägen Hirnmaterie der 300 meist Besteuerten, die das Geschwornen-Gericht repräsentirt, einbläue,
hatte die Ehre, dreimal verlesen zu werden. Jeder Ken-
ner erkannte sofort hinter diesem harmlosen Zigeuner-
pathos den Schalksnarren, der sich und andern fürchter-
lich vorzukommen sucht.

Cherval und Genossen hatten ferner die allgemeinen
Erwartungen der Demokratie von den Wunderwirkungen
des 2. Mai 1852 getheilt und beschlossen, am 2. Mai
mitzurevolutioniren. Schmidt-Fleury hatte beigetragen,
dieser firen Idee die Form eines Plans zu geben. So
verfielen Cherval u. Co. der juristischen Kategorie des
Komplotts. So war an ihnen der Beweis geliefert, daß
das Komplott, welches die Kölner Angeklagten nicht
gegen die pr. Regierung verübt hatten, doch jedenfalls
von der Partei Cherval gegen Frankreich verübt worden sei.

Durch Schmidt-Fleury hatte die pr. Regierung einen
Scheinzusammenhang zwischen dem Pariser Komplott
und den Kölner Angeklagten zu fabriciren gesucht, den
sie durch Stieber beschwören ließ. Stieber-Greif-Fleury,
diese Dreieinigkeit spielt die Hauptrolle im Komplott
Cherval, wir werden sie später wieder am Werk finden.

Resümiren wir:

A ist Republikaner, B nennt sich auch Republikaner.
A und B sind verfeindet. B baut im Auftrage der Polizei eine Höllenmaschine. A wird dafür vor Gericht gestellt. Wenn B die Höllenmaschine gebaut hat und nicht
A, so liegt die Schuld daran, daß A mit B verfeindet
ist. Um den A zu überführen wird B als Zeuge gegen
ihn aufgerufen. Das war der Humor des Komplotts
Cherval.

Man begreift, daß diese Logik vor dem Publikum
durchfiel. Die „thatsächlichen" Enthüllungen Stieber's
verschwammen in übelriechenden Dunst, es blieb bei der
Klage des Anklagesenats, daß „kein objektiver Thatbestand
vorliege." Neue Polizeiwunder waren nöthig geworden.

IV. Das Original=Protokollbuch.

In der Sitzung vom 23. Oktober bemerkt der Präsident: „Der Polizeirath Stieber habe ihm angezeigt, daß er noch neue wichtige Depositionen zu machen habe," und ruft zu diesem Behuf den genannten Zeugen wieder auf. Stieber springt vor und leitet die mise en scene ein.

Bisher hatte Stieber die Thätigkeit der Partei Willich-Schapper oder kürzer, der Partei Cherval, geschildert, ihre Thätigkeit v o r und n a ch der Verhaftung der Kölner Angeklagten. In Bezug auf die Angeklagten selbst hatte er nichts geschildert, weder v o r noch n a ch. Das Komplott Cherval fiel n a ch der Verhaftung der gegenwärtigen Angeklagten vor und Stieber erklärt jetzt: „ich habe in meiner bisherigen Vernehmung die Gestaltung des Kommunistenbundes und die Wirksamkeit der Mitglieder desselben nur b i s z u r V e r h a f t u n g der gegenwärtigen Angeklagten geschildert." Er gesteht also, daß das Komplott Cherval nichts zu thun hatte, „mit der Gestaltung des Kommunistenbundes und der Wirksamkeit seiner Mitglieder." Er gesteht das N i ch t s seiner bisherigen Aussage. Ja er ist so blasirt über seine Aussage vom 18. Oktober, daß er für überflüssig hält, Cherval länger mit der Partei Marx zu identificiren. „Zunächst, sagt er, besteht noch die Willich'sche Fraction, von welcher bis jetzt nur Cherval in Paris 2c. ergriffen sind." Aha! der Hauptchef Cherval ist also ein Führer der Willich'schen Fraction.

Aber Stieber hat jetzt die w i ch t i g st e n Mittheilungen zu machen, nicht nur die a l l e r n e u e st e n, sondern auch die w i ch t i g st e n. Die allerneuesten und wichtigsten! Diese wichtigsten Mittheilungen würden an Gewicht verlieren, wenn die Unwichtigkeit der bisherigen Mittheilungen nicht betont würde. Ich habe bisher eigentlich nichts mitgetheilt, sagt Stieber, aber jetzt kommt's. Paßt auf! Ich habe bisher über die den Angeklagten feindliche Partei Cherval berichtet, was eigentlich nicht hierher gehörte. Ich werde jetzt über die Partei Marx berichten um die es sich allein in diesem Prozeß handelt. So einfach durfte Stieber nicht sprechen. Er sagt also: „ich habe bisher den Kommunistenbund v o r der Verhaftung der Angeklagten geschildert, ich werde jetzt den Kommunistenbund n a ch Verhaftung der Angeklagten schildern." Mit eigenthümlicher Virtuosität weiß er sogar die blos rhetorische Phrase meineidig zu machen.

Nach Verhaftung der Kölner Angeklagten hat Marx eine neue Centralbehörde gebildet. „Dies ergiebt sich aus der Aussage eines Polizeiagenten, den schon der verstorbene Polizei-Direktor Schulze unerkannt in den Londoner Bund und in die unmittelbare Nähe von Marx zu bringen wußte." Diese neue Central-Behörde hat ein Protokollbuch geführt und dies „O r i g i n a l - P r o t o k o l l b u ch" besitzt Stieber jetzt. Schreckliche Umtriebe in den Rhein-Provinzen, in Köln, ja mitten im Gerichtssaal, alles das beweist das Originalprotokollbuch. Es enthält den Beweis für die fortlaufende Korrespondenz der Angeklagten durch die Gefängnißmauern hindurch mit Marx. In einem Wort: Das Archiv Dietz war das alte Testament, aber das Originalprotokollbuch ist das neue Testament. Das alte Testament war in starke Wachsleinwand verpackt, aber das neue Testament ist in unheimlich rothen Saffian gebund•n. Der rothe Saffian ist allerdings eine demonstratio ad oculos, aber die Welt ist heut ungläubiger als zu Thomas Zeiten; sie glaubt nicht einmal was sie sieht. Wer glaubt noch an Testamente, alte oder neue, seitdem die Mormonenreligion erfunden ist? Auch das hat Stieber vorgesehen, der der Mormonenreligion nicht ganz abgeneigt ist.

„Man könnte mir freilich," bemerkt der Mormone Stieber, „man könnte mir freilich entgegensetzen, daß dies alles nur Traditionen verächtlicher Polizeiagenten seien, aber," schwört Stieber, „aber ich habe vollkommene Beweise der Wahrhaftigkeit und Zuverlässigkeit der von ihnen gemachten Mittheilungen."

Man verstehe wohl! Beweise der Wahrhaftigkeit und Beweise der Zuverlässigkeit! und zwar vollkommene Be-

weise. **Vollkommene Beweise!** Und welches sind
die Beweise?

Stieber wußte längst, „daß eine geheime Korrespondenz zwischen Marx und den im Arresthaus befindlichen
Angeklagten existire, konnte aber dieser Korrespondenz
nicht auf die Spur kommen. Da traf am vergangenen Sonntag ein außerordentlicher Kourier von London hier bei mir mit der Nachricht
ein, daß es endlich gelungen sei, die geheime Adresse, unter welcher diese Korrespondenz geführt worden sei, zu
entdecken; es sei dieß die Adresse des Kaufmanns D.
Kothes auf dem alten Markt hierselbst. Derselbe Kourier überbrachte mir das von der Londoner Central-Behörde geführte Original-Protokollbuch, welches man sich
von einem Mitglied des Bundes für Geld zu verschaffen
gewußt hat." Stieber setzt sich nun mit dem Polizei-
Direktor Geiger in der Post-Direktion in Verbindung.
„Es werden die nöthigen Vorsichtsmaßregeln getroffen,
und schon nach 2 Tagen brachte die Abendpost von
London einen an Kothes adressirten Brief. Derselbe
wurde auf Ansehn der Oberprokuratur
mit Beschlag belegt, geöffnet und in demselben eine 7
Seiten große, von der Hand des Marx geschriebene Instruktion für den Advokaten Schneider II. gefunden.
Derselbe enthält eine Anweisung, wie die Vertheidigung
zu führen sei...... Auf der Rückseite des Briefes befand sich ein großes, lateinisches B. Von dem Briefe
ward eine Abschrift, ein leicht abzutrennendes Stück des
Originals, so wie das Originalcouvert zurückbe-
halten. Dann wurde er in einem Couvert versiegelt und
so erhielt ihn ein auswärtiger Polizei-Beamter mit dem
Auftrage, sich zu Kothes zu begeben, sich ihm als Em-
missär des Marx vorzustellen" 2c. Stieber erzählt dann
weiter die widrige Polizei- und Bedienten-Komödie, wie
der auswärtige Polizeibeamte den Emissair von Marx
gespielt 2c. Kothes wird am 18. Oktober verhaftet und
erklärt nach 24 Stunden, das B auf der innern Adresse
des Briefes bedeute Bermbach. Am 19. Oktober wird

Bermbach verhaftet und Haussuchung bei ihm gehalten. Am 21. Oktober werden Kothes und Bermbach wieder in Freiheit gesetzt.

Stieber machte diese Deposition Samstag den 23. Oktober. „Vergangenen Sonntag," also Sonntag den 17. Oktober sei der außerordentliche Kourier mit der Adresse des Kothes und mit dem Originalprotokollbuch, 2 Tage nach dem Kourier, sei der Brief an Kothes eingetroffen, also am 19. Oktober. Aber schon am 18. Oktober wurde Kothes verhaftet wegen des Briefes, den ihm der auswärtige Polizeibeamte am 17. Oktober überbrachte. Der Brief an Kothes kam also 2 Tage früher an als der Kourier mit der Adresse des Kothes, oder Kothes wurde am 18. Oktober für einen Brief verhaftet, den er erst am 19. Oktober erhielt. Chronologisches Wunder?

Später durch die Advokatur geängstigt erklärt Stieber, der Kourier mit der Adresse des Kothes und dem Originalprotokollbuch sei am 10. Oktober eingetroffen. Warum am 10. Oktober? Weil der 10. Oktober ebenfalls auf einen Sonntag fällt und am 23. Oktober ebenfalls schon ein „vergangener" Sonntag war, weil so die ursprüngliche Aussage wegen des vergangenen Sonntags festgehalten und nach dieser Seite der Meineid verdeckt wird. Aber dann langte der Brief wieder nicht 2 Tage, sondern eine ganze Woche später an als der Kourier. Der Meineid fällt nun auf den Brief statt auf den Kourier. Es geht den Stieber'schen Eiden wie dem Lutherischen Bauer. Hilft man ihm von der einen Seite auf's Pferd, so fällt er von der andern Seite herunter.

In der Sitzung vom 3. November endlich erklärt der Polizei-Lieutenant Goldheim aus Berlin, der Polizei-Lieutenant Greif aus London habe das Protokollbuch in seiner und des Polizei-Direktors Wermuth Gegenwart am 11. Oktober, also an einem Montag, dem Stieber überbracht. Goldheim erklärt also den Stieber eines doppelten Meineides schuldig.

Marx gab den Brief an Kothes, wie das Original-

Kouvert mit dem Londoner Poststempel ausweist, Donnerstag den 14. Oktober zur Post. Der Brief mußte also Freitag Abend den 15. Oktober anlangen. Ein Kourier, der 2 Tage vor Ankunft dieses Briefes die Adresse des Kothes und das Original-Protokollbuch überbrachte, mußte also Mittwoch den 13. Oktober eintreffen. Er konnte aber weder am 17. Oktober eintreffen, noch am 10., noch am 11ten.

Greif als Kourier brachte dem Stieber allerdings sein Original-Protokollbuch von London. Was es mit diesem Buche auf sich hatte, wußte Stieber ebenso genau wie sein Kumpan Greif. Er zögerte daher, es dem Gerichte vorzulegen, denn diesmal handelte es sich nicht um Aussagen hinter den Gefängnißgittern von Mazas. Da kam der Brief von Marx. Nun war dem Stieber geholfen. Kothes ist eine bloße Adresse, denn das Schreiben selbst ist nicht an Kothes gerichtet, sondern an das lateinische **B**, das sich auf der Rückseite des einliegenden verschlossenen Schreibens findet. Kothes ist also faktisch blos eine Adresse. Nehmen wir nun an, er sei eine g e h e i m e Adresse. Nehmen wir ferner an, er sei die geheime Adresse, worunter Marx mit den Kölner Angeklagten korrespondirt. Nehmen wir endlich an, unsre Londoner Agenten hätten durch denselben Kourier gleichzeitig das Original-Protokollbuch und diese geheime Adresse geschickt, der Brief sei aber 2 Tage später eingetroffen, als Kourier, Adresse und Protokollbuch. Wir schlagen so zwei Fliegen mit einer Klappe. Erstens beweisen wir die geheime Korrespondenz mit Marx, zweitens beweisen wir die Echtheit des Original-Protokollbuchs. Die Echtheit des Originalprotokollbuchs ist bewiesen durch die Richtigkeit der Adresse, die Richtigkeit der Adresse ist bewiesen durch den Brief. Die Zuverlässigkeit und Wahrhaftigkeit unsrer Agenten ist bewiesen durch Adresse und Brief, die Echtheit des Originalprotokollbuchs ist bewiesen durch die Zuverlässigkeit und Wahrhaftigkeit unsrer Agenten. **Quod erat demonstrandum.**

Dann die heitere Komödie mit dem auswärtigen Polizei-
beamten; dann mysteriöse Verhaftungen; Publikum,
Geschwornen und die Angeklagten selbst werden wie vom
Donner gerührt sein.

Warum aber ließ Stieber, was doch so leicht war,
seinen außerordentlichen Kourier nicht am
13. Oktober eintreffen? Weil er sonst nicht außerordentlich war, weil die Chronologie, wie wir gesehen, seine
schwache Seite ist und der gemeine Kalender unter der
Würde eines pr. Polizeiraths liegt. Ueberdem behielt
er ja das Original-Couvert des Briefes zurück; wer
sollte also der Sache auf die Spur kommen?

In seiner Aussage kompromittirte sich Stieber jedoch
von vornherein durch das Verschweigen einer Thatsache.
Kannten seine Agenten die Adresse des Kothes, so kannten sie auch den Mann, den das mysteriöse B auf der
Rückseite des innern Briefs barg. Stieber war so wenig
in die Mysterien des lateinischen B eingeweiht, daß er
Becker am 17. Oktober im Gefängniß durchsuchen ließ,
um den Marxischen Brief bei ihm zu finden. Erst durch
die Aussage des Kothes erfuhr er, daß Bermbach durch
das B bezeichnet wird.

Wie aber war der Brief von Marx in die Hände der
pr. Regierung gerathen? Sehr einfach. Die pr. Reg.
erbricht regelmäßig die ihrer Post anvertrauten Briefe
und that es während des Kölner Prozesses mit besonde-
rer Ausdauer. Aachen und Frankfurt a. M. wissen davon zu erzählen. Es ist ein reiner Zufall, was ent-
schlüpft, oder erwischt wird.

Mit dem Original-Courier fiel auch das Original-
Protokollbuch. Stieber ahnte dies natürlich noch nicht
in der Sitzung vom 23. Oktober, als er triumphirend
den Inhalt des neuen Testamentes, des rothen Buches
offenbarte. Das nächste Resultat seiner Aussagen war
die abermalige Verhaftung Bermbachs, der den Gerichtsverhandlungen als Zeuge beiwohnte.

Warum ward Bermbach abermals verhaftet?
Wegen der bei ihm gefundenen Papiere? Nein, denn

nach der Haussuchung wurde er wieder in Freiheit gesetzt. Seine Verhaftung fiel 24 Stunden später als die
des Nothes vor. Wenn er also compromittirende Dokumente besessen hätte, waren sie sicher verschwunden.
Warum also die Verhaftung des Zeugen Bermbach,
während die Zeugen Hentze, Hätzel, Steingens, deren
Mitwissenschaft oder Theilnahme am Bund constatirt
war, ruhig auf der Zeugenbank saßen?

Bermbach hatte einen Brief von Marx empfangen,
der eine bloße Kritik der Anklage enthielt und nichts
weiter. Stieber gab die Thatsache zu, — denn der Brief
lag den Geschwornen vor. Er drückte nur die Thatsache
in seiner polizeilich-hyperbolischen Manier folgendermaßen
aus: „Marx selbst übt von London einen fortwährenden
Einfluß auf den gegenwärtigen Prozeß." Und die Geschwornen fragten sich selbst, wie Guizot seine Wähler:
est-ce que vous vous sentez corrompus? Warum
also Bermbachs Verhaftung? Die pr. Reg. suchte von
Beginn der Untersuchung den Angeklagten die Vertheidigungsmittel prinzipiell, systematisch abzuschneiden. Den Advokaten wurde, wie sie in öffentlicher
Sitzung erklären, in direktem Widerspruch mit dem Gesetz, der Verkehr mit den Angeklagten, selbst nach Zustel-
lung der Anklageakte untersagt. Seit dem 5. August
1851 war Stieber nach eigner Aussage im Besitze des
Archives Dietz. Das Archiv Dietz wurde der Anklageakte nicht beigelegt. Erst am 18. Oktober 1852, mitten
in öffentlicher Sitzung, wird es producirt, nur so weit
producirt, als dem Stieber gut dünkt. Geschworne, Angeklagte und Publikum sollten überrascht, überrumpelt
werden, die Advokaten sollten den Polizeiüberraschungen
waffenlos gegenüberstehen.

Und nun gar seit Vorlage des Original-Protokollbuchs! Die pr. Regierung zitterte vor Enthüllungen.
Bermbach aber hatte Vertheidigungsmaterial von Marx
erhalten; es war vorherzusehen, daß er Aufklärungen
über das Protokollbuch erhalten würde. Durch seine

3 *

Verhaftung wurde ein neues Verbrechen proklamirt, die Korrespondenz mit Marx, und Gefängnißstrafe auf dies Verbrechen gesetzt. Das sollte jeden pr. Bürger abhalten, sich zum Adressaten herzugeben. A bon entendeur demi mot. Bermbach wurde eingeschlossen, um das Vertheidigungsmaterial auszuschließen. Und Bermbach sitzt 5 Wochen. Hätte man ihn sofort nach Schluß der Prozedur entlassen, so proklamirten die pr. Gerichte offen ihre willenlos sclavische Unterwerfung unter die pr. Polizei. Bermbach saß ad majorem gloriam der pr. Richter.

Stieber schwört, daß „Marx nach Verhaftung der Kölner Angeklagten die Ruinen seiner Partei in London wieder zusammengefügt und mit etwa 18 Personen eine neue Central-Behörde gebildet zc."

Diese Ruinen waren nie auseinander gegangen, sondern waren so gefügt, daß sie seit dem September 1850 fortwährend eine private society bildeten. Stieber läßt sie durch ein Machtgebot verschwinden, um sie nach Verhaftung der Kölner Angeklagten durch ein anderes Machtgebot in's Leben zurückzurufen und zwar als neue Central-Behörde.

Montag den 25. Oktober traf die Kölnische Zeitung mit dem Bericht über Stieber's Aussage vom 23. Oktober in London ein.

Die Partei Marx hatte weder eine neue Central-Behörde gebildet, noch Protokolle über ihre Zusammenkünfte geführt. Sie errieth sofort den Hauptfabrikanten des neuen Testamentes — Wilhelm Hirsch aus Hamburg.

Hirsch meldete sich Anfang Decbr. 1851 bei der Gesellschaft Marx als kommunistischer Flüchtling. Briefe aus Hamburg denuncirten ihn gleichzeitig als Spion. Man beschloß indeß, ihn einstweilen in der Gesellschaft zu dulden, zu überwachen und sich Beweise über seine Schuld oder Unschuld zu verschaffen. In der Zusammenkunft vom 15. Januar 1852 wurde ein Brief aus Köln verlesen, worin ein Freund von Marx der abermaligen

Verschleppung des Prozesses gedenkt und der Schwierig-
keit, selbst für Verwandte, Zutritt zu den Gefangenen
zu erhalten. Bei dieser Gelegenheit wird Frau Dr.
Daniels erwähnt. Es fiel auf, daß Hirsch seit dieser
Sitzung weder in „unmittelbarer Nähe," noch in der
Perspective erblickt wurde. Am 2. Februar 1852 erhielt
Marx von Köln die Anzeige, bei Fr. Doktor-Daniels
sei Haussuchung gehalten worden in Folge einer Polizei-
Denunciation, wonach ein Brief der Frau Daniels an
Marx in der Londoner kommunistischen Gesellschaft ver-
lesen, Marx beauftragt worden sei, der Frau Dr. Da-
niels zu antworten, Marx sich damit beschäftige, den
Bund in Deutschland zu reorganisiren u. s. w. — diese
Denunciation bildet wörtlich die erste Seite des Original-Protokollbuchs — Marx antwortete umgehend, da
Frau Daniels nie an ihn geschrieben, könne er keinen
Brief von ihr verlesen haben. Die ganze Denunciation
sei die Erfindung eines gewissen Hirsch, eines lüderlichen
jungen Menschen, dem es nicht darauf ankomme, für
baares Geld der pr. Polizei so viel Lügen aufzubürden,
als sie wünsche.

Seit dem 15. Januar war Hirsch aus den Zusammen-
künften verschwunden; er wurde jetzt definitiv aus der
Gesellschaft ausgeschlossen. Zugleich beschloß man, das
Gesellschaftslokal und den Tag der Zusammenkunft zu
wechseln. Bisher war man zusammengekommen in Far-
ringdon-Street City bei J. W. Masters, Markethouse
und zwar Donnerstags. Nun verlegte man den
Tag der Zusammenkunft auf Mittwoch und das Gesellschaftslokal nach Rose and Crown Tavern, Crown-
Street, Soho. Hirsch, den „der Polizei-Direktor Schulz
unerkannt in die Nähe von Marx zu bringen wußte,"
kannte trotz der „Nähe" noch 8 Monate später weder
Gesellschaftslokal, noch Zusammenkunftstag. Vor wie
nach Februar verharrte er dabei, sein „Originalprotokollbuch" an einem Donnerstag zu fabriciren
und von einem Donnerstag zu datiren. Man schlage die
Kölnische Zeitung nach und man findet: Protokoll vom

15. Januar (Donnerstag), item 29. Jan. Donnerstag,
und 4. März Donnerstag, und 13. Mai Donnerstag,
und 20. Mai Donnerstag, und 22. Juli Donnerstag,
und 29. Juli Donnerstag, und 23. Septbr. Donnerstag,
und 30. Septbr. Donnerstag.

Der Wirth der Rose und Crown Tavern gab vor dem
Magistrat von Malborough-Street die Erklärung ab,
daß die Gesellschaft des Dr. Marx sich seit Februar 1852
jeden Mittwoch bei ihm versammle. Liebknecht und
Rings, von Hirsch zu Sekretairen seines Originalprotokollbuchs ernannt, ließen ihre Unterschriften vor demselben Magistrat beglaubigen. Endlich verschaffte man sich
die Protokolle, die Hirsch im Stechan'schen Arbeiterverein geführt hatte, so daß seine Handschrift mit der des
Originalprotokollbuchs verglichen werden konnte.

So war die Unechtheit des Originalpr.-Buchs bewiesen, ohne daß es nöthig war, auf die Kritik eines Inhalts
einzugehen, der sich in seinen eignen Widersprüchen auflöst.

Die Schwierigkeit bestand darin, den Advokaten die
Dokumente zuzusenden. Die pr. Post war nur noch ein
Vorposten, von den Grenzen des pr. Staats bis nach
Köln aufgestellt, um den Vertheidigern die Waffenzufuhr
abzuschneiden.

Man mußte zu Umwegen seine Zuflucht nehmen und
die ersten Dokumente am 25. Oktober abgeschickt, konnten erst am 30. Oktober in Köln ankommen.

Die Advokaten waren daher zunächst auf die in Köln
selbst sparsam zugänglichen Vertheidigungsmittel angewiesen. Stieber erhielt den ersten Stoß von einer Seite,
von der er ihn nicht erwartete. Justiz-Rath Müller, der
Vater der Frau Doctor Daniels, ein als Jurist geachte-
ter und wegen seiner conservativen Richtung bekannter
Bürger, erklärte in der Kölnischen Zeitung vom 26. Oktober, daß seine Tochter nie mit Marx korrespondirt habe
und daß das Originalbuch des Stieber eine „Mystifica-
tion" sei. Der am 3. Febr. 1852 nach Köln gesandte
Brief, worin Marx den Hirsch als Mouchard und Fabri-
kanten falscher Polizei-Notizen bezeichnete, wurde zufällig

aufgefunden und der Vertheidigung zugestellt. In der Austrittserklärung der Partei Marx aus dem Great Windmill Verein, die im Archiv Dietz vorlag, fand sich die erste Handschrift des W. Liebknecht. Endlich erhielt Advokat Schneider II. von dem Sekretär der Kölnischen Armenverwaltung Birnbaum echte Briefe des Liebknecht und von dem Privatschreiber Schmitz echte Briefe des Rings. Auf dem Gerichts-Sekretariat verglichen die Advokaten das Protokollbuch theils mit Liebknechts Handschrift in der Austrittserklärung, theils mit den Briefen von Rings und Liebknecht.

Stieber, schon durch die Erklärung des Justiz-Raths Müller beunruhigt, erhielt Kunde von diesen Unheil verkündenden Schriftforschungen. Um dem drohenden Schlag zuvorzukommen, springt er wieder vor in der Sitzung vom 27. Oktober und erklärt: „der Umstand sei ihm sehr verdächtig gewesen, daß die in dem Buche vorkommende Unterschrift des Liebknecht von einer andern bereits in den Akten enthaltenen, sehr abweichend erschienen habe. Er habe deshalb weitere Erkundigungen eingezogen und gehört, daß der Unterzeichner der fragl. Protokolle H. Liebknecht heiße, während dem in den Akten vorkommenden Namen W. vorstehe." Auf die Frage des Advokaten Schneider II.: „wer ihm mitgetheilt, daß auch ein H. Liebknecht existire," verweigert Stieber die Antwort. Schneider II. fragt ihn weiter nach Auskunft über die Personen des Rings und Ulmer, die neben Liebknecht als Sekretäre unter dem Protokollbuch figuriren. Stieber ahnt eine neue Falle. Dreimal überhört er die Frage und sucht seine Verlegenheit zu verbergen, sucht Fassung zu gewinnen, indem er dreimal ohne allen Anlaß wiederholt, wie er in den Besitz des Protokollbuchs gelangt ist. Endlich stammelt er die Worte, Rings und Ulmer möchten wohl keine wirklichen, sondern bloße „Bundes-Namen" sein. Die beständig im Protokollbuch wiederholte Anführung der Frau Daniels als Korrespondentin von Marx erklärt Stieber dadurch, daß man vielleicht Frau Doctor Daniels lesen und Notariatskandidat Bermbach verstehen müsse. Advokat v. Hontheim interpellirt ihn wegen des Hirsch. „Auch diesen Hirsch, schwört Stieber, kenne er nicht. Daß derselbe aber nicht, wie das Gerücht gehe, ein pr. Agent sei, gehe daraus hervor, daß man pr. Seits auf denselben vigilirt habe." Auf seinen Wink summt Goldheim vor: „Er sei im Oktober d. J. 1851 nach Hamburg geschickt worden, um des Hirsch habhaft zu werden." Wir werden sehen, wie derselbe Goldheim am nächsten Tag nach London geschickt wird, um desselben Hirsch habhaft zu werden. Also derselbe Stieber, der behauptet, für baares Geld das Archiv Dietz und das Originalprotokollbuch von Flüchtlingen gekauft zu haben, derselbe Stieber behauptet jetzt, Hirsch könne nicht pr. Agent sein, weil er Flüchtling sei. Je nachdem es ihm in den Kram paßt, reicht es hin, Flüchtling zu sein, um von Stieber die absolute Verkäuflichkeit oder die absolute Unbestechlichkeit garantirt zu erhalten. Und ist nicht Fleury, den Stieber selbst in der Sitzung vom 3. Novbr. als Polizei-Agenten denuncirt, ist nicht auch dieser Fleury politischer Flüchtling?

Nachdem so von allen Seiten Breschen in sein Originalprotokollbuch geschossen, resumirt sich Stieber am 27. Oktober mit klassischer Unverschämtheit dahin: „Seine Ueberzeugung von der Echtheit des Protokollbuchs stehe fester als je."

In der Sitzung vom 29. Oktober vergleicht der Sachverständige die von Birmbaum und Schulz eingereichten Briefe des Liebknecht und Rings mit dem Protokollbuch und erklärt die Unterschriften des Protokollbuchs für falsch.

In der Anklagerede erklärt Oberprokurator Seckendorf: „Die in dem Protokollbuch enthaltenen Angaben stimmten mit anderwärts ermittelten Thatsachen überein. Nur sei das öffentliche Ministerium völlig außer Stand, die Echtheit des Buches zu beweisen." Das Buch ist echt, aber die Beweise der Echtheit fehlen. Neues Testament! Seckendorf geht weiter: „Die Vertheidigung hat aber selbst bewiesen, daß in dem Buche wenigstens viel Wahres enthalten, indem dasselbe uns über die Thätigkeit des darin genannten Rings, von welcher bis jetzt keiner wußte, Auskunft gab." Wenn bis jetzt keiner über die Thätigkeit des Rings wußte, so gibt das Protokollbuch keine Auskunft darüber. Die Aussagen über die Thätigkeit des Rings konnten also den Inhalt des Protokollbuchs nicht bestätigen und in Bezug auf seine Form bewiesen sie, daß die Unterschrift eines Mitglieds der Partei Marx in Wahrheit falsch nachgemacht sei. Sie bewiesen also nach Seckendorf, „daß in dem Buch wenigstens viel Wahres enthalten ist," — nämlich eine wahre Fälschung. Oberprokurator (Saedt-Seckendorf) und Postdirektion hatten gemeinsam mit Stieber den Brief an Kothes erbrochen. Sie kannten also das Datum seiner Ankunft. Sie wußten also, daß Stieber einen Meineid schwor, als er den Kourier am 17. und später am 10. Oktober, den Brief aber erst am 19., dann am 12. eintreffen ließ. Sie waren seine Complicen.

In der Sitzung vom 27. Oktober suchte Stieber vergebens seine Fassung zu behaupten. Jeden Tag fürchtete er das Eintreffen der Belastungs-Dokumente von London. Stieber fühlte sich unwohl, und der in ihm incarnirte pr. Staat fühlte sich unwohl. Die Blosstellung vor dem Publikum hatte eine gefährliche Höhe erreicht. Polizei Lieutenant Goldheim wurde daher am 28. Oktober nach London gesandt, um das Vaterland zu retten. Was machte Goldheim in London? Der Versuch mit Hülfe des Greif und Fleury den Hirsch zu bewegen, nach Köln zu kommen und unter dem Namen H. Liebknecht die Echtheit des Protokollbuchs zu beschwören. Eine förmliche Staatspension wurde dem Hirsch angeboten, aber Hirsch besaß seinen Polizeiinstinkt so gut wie Goldheim. Hirsch wußte, daß er weder Prokurator, noch Polizei-Lieutenant, noch Polizei-Rath, also nicht zum Meineid privilegirt war. Es ahnte dem Hirsch, daß man ihn fallen lassen werde, sobald die Sache schief gehe. Hirsch wollte nicht zum Bock werden, am wenigsten zum Sündenbock. Hirsch schlug rund ab. Der christlich-germanischen Reg. Preußens bleibt aber der Ruhm, daß sie einen falschen Zeugen zu kaufen suchte in einer Criminal-Procedur, wo es sich um die Köpfe ihrer angeklagten Landeskinder handelte.

Goldheim kehrt also unverrichteter Sache nach Köln zurück.

In der Sitzung vom 3. Novbr., nach Beendigung der Anklagerede, vor Beginn der Vertheidigung, zwischen Thür und Angel springt Stieber noch einmal dazwischen.

„Er habe, schwört Stieber, nun weitere Recherchen über das Protokollbuch veranlaßt. Er habe den Polizei-Lieutenant Goldheim von Köln nach London geschickt, und diesem den Auftrag ertheilt, jene Recherchen vorzunehmen. Goldheim sei am 28. Oktober abgereist, am 2. Novbr. wieder eingetroffen. Hier sei Goldheim." Auf einen Wink des Gebieters summt Goldheim vor und schwört: „er habe sich, in London angekommen, zunächst an den Polizei-Lieutenant Greif gewandt, dieser habe ihn zu dem Polizeiagenten Fleury in dem Stadttheil Kensington geführt, als zu demjenigen Agenten, der das Buch an Greif gegeben habe. Fleury habe dies ihm, dem Zeugen Goldheim eingeräumt und behauptet, daß er das Buch wirklich von einem Mitglied der Marxischen Partei, Namens H. Liebknecht erhalten habe. Fleury habe die Quittung des H. Liebknecht über das für das Buch erhaltene Geld ausdrücklich anerkannt. Zeuge habe den Liebknecht selbst nicht in London habhaft werden können, da dieser sich nach der Behauptung des Fleury gescheut habe, öffentlich hervorzutreten. Er Zeuge habe in London die Ueberzeugung erhalten, daß der Inhalt des Buchs, einige Irrthümer abgerechnet, g a n z e c h t sei. Er habe dies namentlich durch zuverlässige Agenten, welche den Sitzungen des Marx beigewohnt hätten, bestätigt erhalten, aber das Buch sei kein Originalprotokollbuch, sondern nur ein N o t i z e n b u c h über die Vorgänge in den Marxischen Sitzungen. Für die allerdings noch nicht völlig aufgeklärte Entstehungsart des Buches gebe es nur 2 Wege. Entweder rühre solches, wie der Agent fest versichert, wirklich von Liebknecht her, der, um seinen Verrath nicht klar zu machen, es vermieden habe, seine Handschrift herzugeben, oder der Agent Fleury habe die Notizen zu dem Buche von 2 anderen Freunden des Marx, den Flüchtlingen Dronke und Imandt erhalten und habe diese Notizen, um seiner Waare einen desto höheren Werth zu geben, in die Form eines Originalprotokollbuchs gebracht. Es sei nämlich durch den Polizeilieutenant Greif amtlich festgestellt worden, daß Dronke und Imandt mit Fleury häufig verkehrt hätten..... Der Zeuge Goldheim versichert, daß er sich in London überzeugt habe, wie alles, was früher über die geheimen Sitzungen bei Marx, über die Verbindungen zwischen London und Köln, über den geheimen Briefwechsel u. s. w. angegeben sei, völlig der Wahrheit entspreche. Zum Beweise, wie gut die pr. Agenten noch heute in London unterrichtet seien, führt Zeuge Goldheim an, daß am 27. Oktober eine ganz geheime Sitzung bei Marx stattgefunden habe, in welcher man die Schritte berathen, welche gegen das Protokollbuch und namentlich gegen den, der Londoner Partei sehr unangenehmen Polizeirath Stieber ergriffen werden sollten. Die betreffenden Beschlüsse und Dokumente seien ganz geheim an den Advokat-Anwalt Schneider II. geschickt worden. Unter den an Schneider II. geschickten Papieren sei namentlich noch ein Privatschreiben, das Stieber selbst im Jahr 1848 an Marx nach Köln geschrieben und das Marx sehr geheim gehalten, weil er damit den Zeugen Stieber zu kompromittiren hoffe."

Zeuge Stieber springt vor und erklärt, er habe damals wegen einer infamen Verläumdung an Marx geschrieben, ihm einen Prozeß angedroht ꝛc. „Kein Mensch außer Marx und ihm könne dies wissen, und sei dies allerdings der beste Beweis der aus London gekommenen Mittheilungen."

Also nach Goldheim ist das Originalprotokollbuch, die falschen Partien abgerechnet, „ganz echt." Was ihn von der Echtheit überführt hat, ist namentlich der Umstand, daß das Originalprotokollbuch kein Originalprotokollbuch, sondern nur ein „Notizenbuch" ist. Und Stieber? Stieber fällt nicht aus den Wolken, ein Stein fällt ihm vielmehr vom Herzen. Vor Thoresschluß, als das letzte Wort der Anklage kaum noch verhallt und das erste Wort der Vertheidigung noch nicht erschallt ist, läßt Stieber durch seinen Goldheim das Originalpr.-Buch noch rasch in ein Notizenbuch verwandeln. Wenn zwei Polizisten sich wechselseitig der Lüge zeihen, beweist das nicht, daß sie beide der Wahrheit fröhnen? Stieber hat sich durch Goldheim den Rückzug gedeckt.

Goldheim schwört, „er habe sich, in London angekommen, zunächst an den Polizei-Lieutenant Greif gewandt, dieser habe ihn zu dem Polizei-Agenten Fleury in dem Stadttheil Kensington geführt." Wer wird nun nicht schwören, daß der arme Goldheim mit dem Polizei-Lieutenant Greif sich müde gerannt und gefahren hat, ehe er in dem entlegenen Stadttheil Kensington, bei Fleury ankam? Aber Polizei-Lieutenant Greif wohnt im Hause des Polizeiagenten Fleury und zwar in der obern Etage des Fleury'schen Hauses, so daß in Wirklichkeit nicht der Greif den Goldheim zu Fleury, sondern der Fleury den Goldheim zu Greif führte.

„Der Polizeiagent Fleury im Stadttheil Kensington!" Welche Bestimmtheit! Könnt Ihr noch an der Wahrhaftigkeit der preuß. Regierung zweifeln, die ihre eignen Mouchards denuncirt, mit Namen und Wohnung, mit Haut und Haar? Ist das Protokollbuch falsch, haltet Euch nur an den „Polizeiagenten Fleury in Kensington." Ja wohl. An den Privat-Sekretär Pierre im 13. Arrondissement. Wenn man ein Individuum specificiren will, so nennt man nicht nur seinen Familiennamen, sondern auch seinen Vornamen. Nicht Fleury, sondern Charles Fleury. Man bezeichnet das Individuum mit dem Geschäft, das es öffentlich führt, nicht mit einem Gewerbe, das es heimlich treibt. Also Kaufmann Charles Fleury, nicht Polizeiagent Fleury. Und wenn man seine Wohnung angeben will, so bezeichnet man nicht blos ein Londoner Stadtviertel, das selbst wieder eine Stadt ist, sondern Stadtviertel, Straße und Hausnummer. Also nicht Polizeiagent Fleury zu Kensington, sondern Kaufmann Charles Fleury, 17 Victoria Road, Kensington.

Aber „Polizei-Lieutenant Greif," das ist wenigstens von der Leber weg gesprochen. Wenn aber Polizei-Lieutenant Greif sich in London an die Gesandtschaft attachirt und aus dem Lieutenant ein attaché wird, so ist das ein attachement, welches die Gerichte nichts angeht. Der Zug des Herzens ist des Schicksals Stimme.

Also der Polizei-Lieutenant Goldheim versichert, der Polizeiagent Fleury versichern, er habe das Buch von einem Menschen erhalten, der wirklich versichere, H. Liebknecht zu sein und dem Fleury sogar eine Quittung ausgestellt habe. Nur konnte Goldheim des H. Liebknecht nicht „habhaft werden" zu London. Goldheim konnte also ruhig zu Köln bleiben, denn die Versicherung des Polizeiraths Stieber wird dadurch nicht fetter, daß sie nur als eine Versicherung des Polizei-Lieutenants Goldheim erscheint, die der Polizeilieutenant Greif versichert, dem seinerseits wieder der Polizeiagent Fleury den Gefallen thut, seine Versicherung zu versichern.

Unbeirrt durch seine wenig aufmunternden Londoner Erfahrungen hat sich Goldheim mit dem ihm eigenthümlichen großen Ueberzeugungsvermögen, das ihm das Urtheilsvermögen ersetzen muß, „völlig" überzeugt, daß „Alles," was Stieber über die Partei Marx, ihre Verbindungen mit Köln u. s. w. beschworen hat, „Alles völlig der Wahrheit entspreche." Und jetzt nachdem ihm sein Subalternbeamter Goldheim ein Testimonium paupertatis ausgestellt hat, Polizei-Rath Stieber wäre noch jetzt nicht gedeckt? Ein Resultat hat Stieber durch seine Art zu schwören erreicht, er hat die pr. Hierarchie umgestülpt. Ihr glaubt dem Polizei-Rath nicht? Gut. Er hat sich kompromittirt. Ihr werdet dann doch dem Polizei-Lieutenant glauben. Ihr glaubt dem Polizei-

Lieutenant nicht? Noch besser. Dann bleibt Euch nichts übrig, als wenigstens dem Polizeiagenten, alias mouchardus vulgaris zu glauben. Solche ketzerische Begriffsverwirrung richtet der schwörende Stieber an.

Nachdem Goldheim bisher den Beweis geliefert, daß er zu London die Nichtexistenz des Originalprotokollbuches und von der Existenz des Herrn Liebknecht nur das konstatirt hat, daß ihrer zu London nicht „habhaft" zu werden ist, nachdem er sich eben dadurch überzeugt, daß „alle" Aussagen des Stieber über die Partei Marx „völlig der Wahrheit" entsprechen, muß er doch endlich, außer diesen negativen Argumenten, worin nach Seckendorf zwar „viel Wahres" liegt, auch das positive Argument liefern, „wie gut die pr. Agenten noch heute in London unterrichtet sind." Als Probe führt er an, am 27. Oktober habe eine „ganz geheime Sitzung bei Marx Statt gefunden." In dieser ganz geheimen Sitzung habe man die Schritte gegen das Protokollbuch und den „sehr unangenehmen" Polizeirath Stieber berathen. Die betreffenden Dekrete und Beschlüsse, seien „ganz geheim an den Advokat Schneider II. geschickt worden."

Obgleich die pr. Agenten diesen Sitzungen beiwohnten, blieb ihnen der Weg, den diese Briefe nahmen, jedoch so „ganz geheim", daß die Post sie trotz aller Anstrengungen nicht abzuhalten vermochte. Man höre, wie im alternden Gemäuer melancholisch noch das Heimchen zirpt: „Die betreffenden Briefe und Dokumente seien ganz geheim an den Advokat Schneider II. geschickt worden." Ganz geheim für die geheimen Agenten des Goldheim.

Die imaginären Beschlüsse über das Protokollbuch können nicht am 27. Oktober in der ganz geheimen Sitzung bei Marx gefaßt worden sein, da Marx schon am 25. Oktober die Hauptberichte über die Unechtheit des Protokollbuches, zwar nicht an Schneider II., wohl aber an Herrn v. Hontheim sandte.

Daß überhaupt Dokumente nach Köln geschickt worden, das sagte der Polizei nicht nur ihr böses Gewissen.

Am 29. Oktober langte Goldheim in London an. Am 30. Oktober fand Goldheim im Morning Advertiser, im Spectator, im Examiner, im Leader, im Peoples Paper eine Erklärung, gez. Engels, Freiligrath, Marx und Wolf, worin diese das englische Publikum auf die Enthüllungen verweisen, welche die Vertheidigung über die forgery, perjury, falsification of documents, kurz über die pr. Polizei-Infamien bringen werde. So „ganz geheim" wurde das Versenden der Dokumente gehalten, daß die Partei Marx das englische Publikum öffentlich davon in Kenntniß setzen, allerdings erst am 30. Oktober, nachdem Goldheim in London und die Dokumente in Köln angelangt sind.

Indeß auch am 27. Oktober wurden Dokumente nach Köln geschickt. Woher erfuhr die allwissende pr. Polizei dies?

Die pr. Polizei agirte nicht ganz geheim, wie die Partei Marx. Sie hatte vielmehr ganz öffentlich zwei ihrer Mouchards seit Wochen vor das Haus von Marx aufgepflanzt, die ihn du soir jusqu'au matin und du matin jusqu'au soir von der Straße aus beobachteten und ihm auf Schritt und Tritt nachgingen. Nun hatte Marx am 27. Oktober die ganz geheimen Dokumente, die die echten Handschriften des Liebknecht und Rings und die Aussage des Wirthes der Crown-Tavern über den Zusammenkunftstag enthielten, diese ganz geheimen Dokumente hatte er in dem ganz öffentlichen Polizeiberichte in Malbourough-Street in Gegenwart der Reporters der englischen Tagespresse amtlich beglaubigen lassen. Die pr. Schutzengel folgten ihm von seiner Wohnung nach Malborough-Street und von Malborough-Street nach seiner Wohnung zurück und von seiner Wohnung wieder nach der Post. Sie verschwanden erst, als Marx einen ganz geheimen Gang zum Polizei-Inspektor des Viertels machte, um einen Verhaftsbefehl gegen seine zwei „Anhänger" zu erwirken.

Uebrigens hatte die pr. Reg. noch einen andern Weg. Marx sandte nämlich die am 27. Oktober beglaubigten

und vom 27. Oktober datirten Dokumente direkt durch
die Post nach Köln, um das ganz geheim abge-
schickte Duplikat derselben vor den Griffen des pr.
Adlers zu sichern. Post und Polizei zu Köln wußten
also, daß vom 27. Oktober datirte Dokumente von
Marx verschickt waren und Goldheim brauchte nicht nach
London zu reisen, um das Geheimniß zu entdecken.

Goldheim fühlt, daß er endlich „namentlich",
irgend etwas „namentlich" angeben müsse, was in der
„ganz geheimen Sitzung vom 27. Oktober" an Schneider II. zu schicken beschlossen wurde, und er nennt den
von Stieber an Marx gerichteten Brief. Leider aber
hat Marx diesen Brief nicht am 27., sondern am 25.
Oktober und nicht an Advokat Schneider II., sondern
an Herrn v. Hontheim geschickt. Aber woher wußte die
Polizei, daß Marx überhaupt den Brief Stiebers noch
besaß und der Vertheidigung zuschicken werde. Doch
lassen wir Stieber wieder vorspringen.

Stieber hofft Schneider II. von der Vorlesung des
ihm sehr „unangenehmen Briefes" abzuhalten, indem er
das praevenire spielt. Wenn Goldheim sagt, Schneider II. besitze meinen Brief und zwar durch „kriminelle
Verbindung mit Marx," kalkulirt Stieber, so wird
Schneider II. den Brief unterdrücken, um zu beweisen,
daß Goldheims Agenten falsch unterrichtet sind und er
selber nicht in krim'neller Verbindung mit Marx steht.
Stieber springt also vor, giebt den Inhalt des Briefes
falsch an und schließt mit dem erstaunlichen Ausruf:
„Kein Mensch außer ihm und Marx könne dies wissen
und sei dies allerdings der beste Beweis der Glaub-
würdigkeit der aus London gekommenen Mittheilungen."

Stieber besitzt eine eigenthümliche Methode, ihm un-
angenehme Geheimnisse verborgen zu halten. Wenn
er nicht spricht, muß alle Welt schweigen. Außer ihm
und einer gewissen ältlichen Dame kann daher „kein
Mensch wissen, daß er einst in der Nähe von Weimar
als homme entretenu gelebt hat." Aber wenn Stie-

ber allen Grund hatte, Niemand außer Marx, hatte Marx allen Grund, Jedermann außer Stieber von dem Briefe wissen zu lassen. Man kennt jetzt den b e s t e n B e w e i s der aus London gekommenen Mittheilungen. Wie mag Stiebers schlechtester Beweis aussehen?

Aber Stieber schwört wieder wissentlich einen Mein-eid, wenn er sagt: „kein Mensch außer mir und Marx können dies wissen." Er wußte, daß nicht Marx, son-dern ein anderer Redakteur der Rhein. Zeitung auf sei-nen Brief geantwortet hatte. Das war jedenfalls „ein Mensch außer ihm und Marx." Damit noch mehr Menschen davon wissen, geben wir den Brief Note a).

N. a.) In No. 177 der Neuen Rh. Zeitung findet sich eine Cor-respondenznachricht aus Frankfurt a. M. vom 21. Dezbr., welche die niederträchtige Lüge enthält, daß ich als Polizeispion nach Frank-furt gegangen sei, um unter dem Schein demokratischer Gesinnung die Mörder des Fürsten Lychnovsky und des Generals Auerswald zu ermitteln. Ich bin allerdings am 21. in Frankfurt gewesen, habe mich dort nur einen Tag aufgehalten und habe dort, wie Sie aus beiliegender Bescheinigung ersehen werden, nur eine Privatangele-genheit der hiesigen Frau v. Schevezler zu reguliren gehabt, ich bin längst nach Berlin zurückgekehrt, wo ich meine Thätigkeit als Defen-sor längst wieder begonnen habe. Ich verweise Sie übrigens auf die bereits in dieser Angelegenheit ergangene officielle Berichtigung in No. 338 der Frankfurter Oberpostamtszeitung vom 21. Dezbr. und No. 248 der hiesigen Nationalzeitung. Ich glaube von Ihrer Wahrheitsliebe erwarten zu dürfen, daß Sie sofort die anliegende Berichtigung in Ihr Blatt aufnehmen und mir den Einsender der lügenhaften Nachricht, der Ihnen gesetzlich obliegenden Verpflichtung gemäß, nennen werden, da ich eine solche Verläumdung unmöglich ungerügt lassen kann und ich sonst zu meinem Bedauern genöthigt sein werde, gegen eine Wohll. Redaktion selbst Schritte zu unter-nehmen.
Ich glaube, daß die Demokratie in neuester Zeit Niemanden mehr Dank schuldig ist, als gerade m i r. Ich bin es gewesen, der hun-derte angeklagter Demokraten aus den Netzen der Criminal-Justiz gerissen hat. Ich bin es gewesen, der noch im hiesigen Belagerungs-zustand, als die feigen, erbärmlichen Kerle (sogenannte Demokraten) längst das Feld geräumt hatten, unerschrocken und emsig den Behör-den entgegengetreten ist und es noch heute thut. Wenn demokrati-sche Organe in solcher Weise mit mir umgehen, so ist das wenig Aufmunterung zu ferneren Bestrebungen.

Woher wußte nun Stieber, daß am 27. Oktober sein Brief von Marx an Schneider II. geschickt war? Aber er wurde nicht am 27., sondern am 25. Oktober und nicht an Schneider II., sondern an v. Hontheim verschickt. Stieber wußte also nur, daß der Brief noch existire, und er ahnte, daß Marx ihn irgend einem Vertheidiger mittheilen werde. Woher diese Ahnung? Als die Kölnische Zeitung Stieber's Aussage vom 18. Oktober über Cherval ꝛc. nach London brachte, schrieb Marx an die Kölnische Zeitung, an die Berliner Nationalzeitung und an das Frankfurter Journal eine vom 21. Oktober datirte Erklärung, an deren Schluß dem Stieber mit seinem noch vorhandenen Briefe gedroht wird. Um den Brief „ganz geheim" zu halten, kündigt ihn Marx selbst in den Zeitungen an. Er scheitert an der Feigheit der deutschen Tagespresse, aber die pr. Post war nun instruirt und mit der pr. Post ihr — Stieber.

Das Beste bei der Sache ist aber im vorliegenden Fall, die Plumpheit der demokratischen Organe. Das Gerücht, ich ginge als Polizeiagent nach Frankfurt, ist zuerst von der hiesigen Neuen pr. Zeitung, diesem berüchtigten Organ der Reaction, ausgesprengt worden, um meine ihr störende Thätigkeit als Defensor zu untergraben. Die andern Berliner Blätter ha en dies längst berichtigt. Die demokratischen Organe sind aber so ungeschickt eine solche dumme Lüge nachzubeten. Wollte ich als Spion nach Frankfurt gehn, so würde es gewiß nicht vorher in allen Blättern stehn, wie sollte auch wohl Preußen einen Polizeibeamten nach Frankfurt schicken, wo amtskundige Beamte genug sind? Die Dummheit war stets ein Fehler der Demokratie und ihre Gegner siegten durch Schlauheit.

Eben so ist es eine niederträchtige Lüge, daß ich vor Jahren in Schlesien als Polizeispion gewesen sei. Ich war damals öffentlich angestellter Polizeibeamter und habe als solcher meine Schuldigkeit gethan. Es sind niederträchtige Lügen über mich verbreitet worden. Ein Mensch soll auftreten und beweisen, daß ich mich bei ihm eingeschlichen hätte. Lügen und Behaupten kann Jeder. Ich erwarte also von Ihnen, den ich für einen ehrlichen anständigen Mann halte, umgehend befriedigende Antwort. Die demokratischen Zeitungen sind bei uns durch ihre vielen Lügen verrufen worden, mögen Sie nicht gleiches Ziel verfolgen.

Berlin, 26. Decbr. 1848.   Ergebenst

Stieber, Doctor d. Rechte u. s. w., Berlin, Ritterstraße 65.

Was also hat Goldheim aus London heimgezirpt?

Daß Hirsch nicht falsch schwört, daß **H.** Liebknecht keine „faßbare" Existenz besitzt, und das Originalproto-kollbuch kein Originalprotokollbuch ist, daß die allwissen-den Londoner Agenten alles wissen, was die Partei Marx in der Londoner Presse veröffentlicht hat. Um die Ehre der pr. Agenten zu retten, legt Goldheim ihnen die spär-lichen, durch Brieferbrechung und Briefunterschlagung aufgestieberten Notizen in den Mund.

In der Sitzung vom 4. Novbr., nachdem Schneider II. den Stieber und sein Protokollbuch vernichtet, ihn der Fälschung und des Meineids überwiesen hat, springt Stie-ber zum letzten Mal vor und macht seiner sittlichen Ent-rüstung Luft. Sogar, ruft er aus indignirter Seele, sogar Hrn. Wermuth, den Polizei-Direktor Wermuth wagt man des Meineids zu zeihen. Stieber ist also wie-der zur orthodoxen Stufenleiter zurückgekehrt, zur auf-steigenden Linie. Früher bewegte er sich in heterodoxer, in absteigender Linie. Wolle man ihm, dem Polizei-Rath nicht glauben, so doch seinem Polizei-Lieutenant, wenn nicht dem Polizei-Lieutenant, so doch dessen Polizeiagen-ten, wenn nicht dem Agenten Fleury, so doch dem Unter-Agenten Hirsch. Jetzt umgekehrt. Er, der P o l i z e i - R a t h , könne vielleicht falsch schwören, aber Wermuth ein P o l i z e i - D i r e k t o r ? Unglaublich! In seinem Unmuth lobt er den Wermuth mit steigender Bitterkeit, schenkt dem Publikum reinen Wermuth ein, Wermuth als Mensch, Wermuth als Advokat, Wermuth als Fa-milienvater, Wermuth als Polizei-Direktor, Wermuth for ever!

Selbst jetzt in öffentlicher Sitzung sucht Stieber die Angeklagten immer noch au secret zu halten und eine Barriere zwischen der Vertheidigung und dem Vertheidi-gungsmaterial aufzuschlagen. Er beschuldigt Schneider II. „crimineller Verbindung" mit Marx. Schneider begehe in ihm ein Attentat auf die höchsten preuß. Behörden. Selbst der Assisenpräsident Göbel, ein Göbel selbst, fühlt sich erdrückt unter der Wucht Stieber. Er kann nicht umhin; wenn auch in furchtsam-serviler Weise, läßt er einige Ruthenstreiche auf Stieber's Nacken fallen. Aber Stieber hat seinerseits Recht. Es ist nicht sein Individuum, es ist die Prokuratur, das Gericht, die Post, die Regierung, das Polizei-Präsidium zu Berlin, es sind die Ministerien, es ist die pr. Gesandtschaft zu London, kurz es ist der pr. Staat, der mit ihm am Pranger steht, das Originalprotokollbuch in der Hand.

Herr Stieber hat nun die Erlaubniß, die Antwort der Neuen Rh. Zeitung drucken zu lassen.

Kehren wir noch einmal mit Goldheim nach London zurück.

Wie Stieber noch immer nicht weiß, wo Cherval sich aufhält und wer Cherval eigentlich ist, so ist nach Goldheim's Aussage (Sitz. vom 3. Novbr.) die Entstehungsart des Protokollbuchs immer noch nicht völlig aufgeklärt. Um sie aufzuklären, gibt Goldheim 2 Hypothesen.

„Für die noch nicht völlig aufgeklärte Entstehungsart des Buches gibt es, sagt er, nur 2 Wege. Entweder rühre solches, wie der Agent fest versichert, wirklich von Liebknecht her, der, um seinen Verrath nicht klar zu machen, es vermieden habe, seine Handschrift herzugeben."

W. Liebknecht gehört notorisch der Partei Marx an. Aber die im Protokollbuch befindliche Unterschrift Liebknecht gehört eben so notorisch nicht dem W. Liebknecht. Stieber schwört daher in der Sitzung vom 27. Oktober, der Besitzer dieser Unterschrift sei auch nicht jener W. Liebknecht, sondern ein anderer Liebknecht, ein H. Liebknecht. Er habe die Existenz dieses Doppelgängers erfahren, ohne die Quelle seiner Erfahrung angeben zu können. Goldheim schwört: „Fleury habe behauptet, daß er das Buch wirklich von einem Mitglied der Marxischen Partei, Namens H. Liebknecht, erhalten hat." Goldheim schwört ferner: „er habe dieses H. Liebknecht zu London nicht habhaft werden können." Welches Existenzzeichen hat also bisher der von Stieber entdeckte H. Liebknecht der Welt im Allgemeinen und dem Polizei-Lieutenant Goldheim im Besonderen gegeben? Kein Existenzzeichen, außer seiner Handschrift im Originalprotokollbuch, aber jetzt erklärtGoldheim: „Liebknecht habe es vermieden, seine Handschrift herzugeben."

H. Liebknecht existirte bisher nur als Handschrift. Jetzt bleibt also nichts mehr von H. Liebknecht übrig, nicht einmal eine Handschrift, nicht einmal der Punkt auf dem i. Woher aber Goldheim weiß, daß der H. Lielknecht, dessen Existenz er nur aus der Handschrift des Protokollbuchs kennt, eine vom Protokollbuch verschiedene Handschrift schreibt, das bleibt ein Geheimniß Goldheims. Wenn Stieber seine Wunder hat, warum sollte nicht Goldheim seine Wunder haben?

Goldheim vergißt, daß sein Vorgesetzter Stieber die Existenz des H. Liebknecht vorgeschworen, daß er selbst sie noch eben geschworen hat. In demselben Athemzug, worin er auf den H. Liebknecht schwört, erinnert er sich, daß H. Liebknecht eigentlich nur ein von Stieber erfundener Nothbehelf, nur eine Nothlüge war, und Noth hat kein Gebot. Er erinnert sich, daß es nur einen echten Liebknecht giebt, den W. Liebknecht, daß aber, wenn der W. Liebknecht echt, die Protokollbuchsunterschrift falsch ist. Er darf nicht gestehen, daß Fleury's Unteragent Hirsch mit dem falschen Protokollbuch auch die falsche Unterschrift fabrizirt hat. Er macht daher die Hypothese: „Liebknecht habe es vermieden, seine Handschrift herzugeben." Machen wir auch einmal eine Hypothese. Goldheim hat früher einmal Banknoten gefälscht. Er wird vor Gericht gestellt, es wird bewiesen, daß die auf der Note figurirende Unterschrift nicht die des Bankdirektors ist. Nehmen Sie mir es nicht übel, meine Herren, wird Goldheim sagen, nehmen Sie es nicht übel. Die Banknote ist echt. Sie rührt vom Bankdirektor selbst her. Wenn sein Name nicht in seiner eigenen, sondern in einer falschen Unterschrift ausgefertigt ist. was thut das zur Sache? „Er hat es eben vermieden, seine Handschrift herzugeben."

Oder, fährt Goldheim fort, wenn die Hypothese mit dem Liebknecht falsch ist:

„oder der Agent Fleury habe die Notizen zu dem Buche von 2 andern Freunden des Marx, den Flüchtlingen Dronke und Imandt erhalten und habe diese Notizen, um seiner Waare einen desto höheren Werth zu geben, in die Form eines Originalprotokollbuches gebracht. Es sei nämlich durch den Polizei-Lieutenant Creif amtlich festgestellt worden, daß Dronke und Imandt mit Fleury häufig verkehrt hätten."

Oder? Wie so oder? Wenn ein Buch, wie das Originalprotokollbuch von drei Leuten unterschrieben ist, von Liebknecht, Rings und Ulmer, so wird Niemand schließen: „es rührt von Liebknecht her — oder von Dronke und Imandt, sondern: es rührt von Liebknecht her oder von Rings und von Ulmer. Sollte der unglückliche Goldheim, der sich nun einmal zu einem disjunctiven Urtheil verstiegen hat, — Entweder, Oder — sollte er nun abermals sagen: Rings und Ulmer haben es vermieden, ihre Handschrift herzugeben?" Selbst Goldheim hält eine neue Wendung für unvermeidlich.

Wenn das Originalprotokollbuch nicht von Liebknecht herrührt, wie der Agent Fleury behauptet, so hat Fleury selbst es gemacht, aber die Notizen dazu hat er von Dronke und Imandt erhalten, von denen der Polizei-Lieutenant Greif amtlich festgestellt hat, daß sie häufig mit Fleury verkehrten.

„Um seiner Waare einen desto höheren Werth zu geben," sagte Goldheim, bringt Fleury die Notizen in die Form eines Originalprotokollbuchs. Er begeht nicht nur einen Betrug, er macht falsche Unterschriften, Alles, „um seiner Waare einen höheren Werth zu geben." Ein so gewissenhafter Mann, wie dieser pr. Agent, der aus Gewinnsucht falsche Protokolle, falsche Unterschriften fabrizirt, ist jedenfalls unfähig, f a l s c h e N o t i z e n zu fabriziren. So schließt Goldheim.

Dronke und Imandt kamen erst im April 1852, nachdem sie von den Schweizerbehörden ausgewiesen worden,

nach London. Ein Drittheil des Originalprotokollbuchs
besteht aber aus den Protokollen der Monate Januar,
Februar und März 1852. Ein Drittheil des Originalprotokollbuchs hat Fleury also jedenfalls o h n e
Dronke und Imandt gemacht, obgleich Goldheim schwört:
entweder Liebknecht hat das Protokollbuch gemacht —
oder Fleury hat es gemacht, aber nach den Notizen von
Dronke und Imandt. Goldheim schwört's und Goldheim ist zwar nicht Brutus aber doch Goldheim.

Aber so bleibt die Möglichkeit, daß Dronke und Imandt
dem Fleury die Notizen seit April geliefert habe, denn,
schwört Goldheim: „es sei durch den Polizei-Lieutenant
Greif amtlich festgestellt worden, daß Dronke und Imandt
häufig mit Fleury verkehrt hätten."

Kommen wir auf diesen Verkehr.

Fleury war, wie schon oben bemerkt, zu London nicht
als pr. Polizei-Agent bekannt, sondern als City-Kaufmann und zwar als demokratischer Kaufmann. Aus
Altenburg gebürtig, war er als politischer Flüchtling
nach London gekommen, hatte später eine Engländerin
aus angesehener und wohlhabender Familie geheirathet
und lebte scheinbar zurückgezogen mit seiner Frau und
seinem Schwiegervater, einem alten industriellen Q u ä -
k e r. Den 8. oder 9. Oktober trat Imandt in „häu-
figen Verkehr" mit Fleury nämlich in den Verkehr des
Unterrichtgebers. Nach der verbesserten Aussage des
Stieber traf aber das Originalprotokollbuch am 10.
nach der Schlußaussage des Goldheim am 11. Oktober
in Köln ein. Fleury hatte also, als der ihm bisher
gänzlich unbekannte Imandt seine erste französische
Stunde bei ihm gab, das Originalprotokollbuch nicht
nur schon in rothen Saffian binden lassen, er hatte es
bereits dem außerordentlichen Kourier übergeben, der es
nach Köln trug. So sehr verfaßte Fleury sein Protokollbuch nach den Notizen des Imandt. Den Dronke
aber sah Fleury nur e i n m a l zufällig bei Imandt und
zwar erst am 30. Oktober, nachdem das Originalproto-

rollbuch schon längst wieder in sein ursprüngliches Nichts zurückgefallen war.

So begnügt sich die christlich germanische Regierung nicht damit, Pulte zu erbrechen, fremde Papiere zu stehlen, falsche Aussagen zu erschleichen, falsche Komplotte zu stiften, falsche Dokumente zu schmieden, falsche Eide zu schwören, Bestechung zu falschen Zeugnissen zu versuchen, — Alles, um eine Verurtheilung der Kölner Angeklagten zu erwirken. Sie sucht einen infamirenden Verdacht auf die Londoner Freunde der Angeklagten zu werfen, um ihren Hirsch zu verstecken, von dem Stieber geschworen, daß er ihn nicht kennt und Goldheim, daß er kein Spion sei.

Freitag, den 5. November brachte die Kölnische Zeitung den Bericht über die Assisensitzung vom 3. November mit Goldheim's Aussage nach London. Man zog sofort Erkundigungen über Greif ein und erfuhr noch denselben Tag, daß er bei Fleury wohne. Gleichzeitig begaben sich Dronke und Imandt mit der Kölner Zeitung zu Fleury. Sie lassen ihn Goldheim's Aussage lesen. Er erbleicht, sucht Fassung zu gewinnen, spielt den Erstaunten und erklärt sich durchaus bereit, vor einem englischen Magistrat Zeugniß gegen Goldheim abzulegen. Vorher aber müsse er noch seinen Advokaten sprechen. Ein Rendezvous für den Nachmittag des folgenden Tages, Samstag den 6. November, wird festgesetzt. Fleury verspricht seine amtlich beglaubigte Aussage fertig zu diesem Rendezvous mitzubringen. Er erschien natürlich nicht. Imandt und Dronke begaben sich daher Samstag Abend in seine Wohnung und fanden hier folgenden für Imandt bestimmten Zettel vor.

„Durch Hülfe des Advokaten ist Alles abgemacht, wei„teres ist vorbehalten, sobald die Person ermittelt ist. „Der Advokat hat die Sache noch heute abgehen lassen. „Das Geschäft machte meine Anwesenheit in der City „nothwendig. Wollen Sie mich morgen besuchen, ich „bin den ganzen Nachmittag bis 5 Uhr zu Hause. Fl."

Auf der andern Seite des Zettels befindet sich die

Nachschrift: „Ich komme so eben zu Hause, mußte mit Herrn Werner und meiner Frau ausgehen, wovon Sie sich morgen überzeugen können. Schreiben Sie mir, auf welche Zeit Sie kommen wollen."

Imandt hinterließ folgende Antwort: „Ich bin außerordentlich überrascht, Sie jetzt nicht zu Hause zu treffen, da Sie sich auch diesen Nachmittag zu dem verabredeten Rendezvous nicht eingestellt haben. Ich muß Ihnen gestehen, daß durch die Umstände mein Urtheil über Sie bereits feststeht. Wenn Sie Interesse haben mich eines Andern zu belehren, so werden Sie zu mir kommen und schon morgen früh, denn ich kann Ihnen nicht dafür einstehen, daß Ihre Eigenschaft als pr. Polizei-Spion nicht in englischen Blättern besprochen wird."

Imandt."

Fleury erschien auch Sonntag Morgen nicht. Dronke und Imandt begaben sich also am Abend wieder zu ihm, um unter dem Scheine, als sei ihr Vertrauen nur im ersten Augenblicke erschüttert worden, seine Erklärung zu erhalten. Unter allerlei Zögerungen und Unschlüssigkeiten kam die Erklärung zu Stande. Namentlich schwankte Fleury, als man ihn darauf aufmerksam machte, daß er nicht nur seinen Familiennamen, sondern auch seinen Vornamen unterzeichnen müsse. Die Erklärung lautete wörtlich wie folgt:

„An die Redaktion der Kölnischen Zeitung.

„Der Unterzeichnete erklärt, daß er Herrn Imandt „ungefähr einen Monat kennt, während welcher Zeit ihm „derselbe Unterricht im Französischen ertheilt, daß er Hrn. „Dronke zum erstenmal Samstag 30. Okt. d. J. gesehen.

„Daß Keiner von Beiden ihm Mittheilungen ge„macht, die in Beziehung zu dem im Kölner Prozeß figu„rirenden Protokollbuch stehen,

„Daß er keine Person kennt, die den Namen Lieb„knecht trägt, noch in irgend einer Verbindung mit einer „solchen gestanden."

„London, 8. November 1852. Kensington.

Charles Fleury."

Dronke und Imandt waren natürlich überzeugt, daß Fleury der Kölnischen Zeitung die Ordre zuschicken würde, keine Erklärung mit seiner Namensschrift aufzunehmen. Sie schickten seine Erklärung daher nicht an die Kölnische Zeitung, sondern an Advokat Schneider II., der sie aber in einem zu vorgerückten Stadium des Prozesses erhielt, um noch Gebrauch davon machen zu können.

Fleury ist zwar nicht die fleur de Marie der Prostituirten der Polizei, aber Blume ist er und Blüthen wird er tragen, wenn auch nur fleurs de Lys.

Die Geschichte des Protokollbuches hatte nicht ausgespielt.

Sonnabend den 6. November bekannte W. Hirsch, von Hamburg, an Eidesstatt vor dem Magistrat zu Bow-Street. London, daß er selbst unter Leitung von Greif und Fleury das in dem Kölner Kommunistenprozeß figurirende Originalprotokollbuch fabrizirt habe.

Also erst Originalprotokollbuch der Partei Marx — dann Notizenbuch des Spions Fleury — endlich Fabrikat der pr. Polizei, einfaches Polizeifabrikat, Polizeifabrikat sans phrase.

An demselben Tage, wo Hirsch das Geheimniß des Originalprotokollbuches dem englischen Magistrat zu Bow-Street verrieth, war ein anderer Repräsentant des pr. Staates zu Kensington im Hause des Fleury damit beschäftigt, diesmal zwar weder gestohlene noch fabrizirte, noch überhaupt Dokumente, wohl aber seine eigenen Habseligkeiten in starke Wachsleinwand zu verpacken. Es war dies Niemand Anderes als Vogel Greif, Pariser Angedenkens, der außerordentliche Kourier nach Köln, der Chef der pr. Polizei-Agenten zu London, der offizielle Dirigent der Mystifikation, der an die pr. Gesandschaft attachirte Polizei-Lieutenant. Greif hatte von der pr. Regierung den Befehl erhalten, London sofort zu verlassen. Zeit war nicht zu verlieren.

Wie am Schluße von Spektakel-Opern die im Hintergrunde befindliche, bisher von Koulissen versteckte, amphitheatralisch aufsteigende Scenerie plötzlich im bengalischen Feuer glänzt, und in blendenden Umrissen alle Augen schlägt, so am Schluß dieser pr. Polizei-Tragi-Komödie die verborgene amphitheatralische Werkstätte, worin das Originalprotokollbuch geschmiedet wurde. Auf der untersten Stufe sah man den unglücklichen, auf Stücklohn arbeitenden Mouchard Hirsch; auf zweiter Stufe den bürgerlich placirten Spion und agent provocateur, City-Kaufmann Fleury; anf dritter Stufe den diplomatischen Polizei-Lieutenant Greif und auf der höchsten Stufe die pr. Gesandschaft selbst, der er attachirt ist. Seit 6—8 Monaten fabrizirte Hirsch regelmäßig, Woche für Woche, sein Originalprotokollbuch im Arbeitszimmer und unter den Augen des Fleury. Aber einen Stock ü b e r Fleury haus'te der pr. Polizei-Lieutenant Greif, der ihn überwachte und inspirirte. Aber Greif selbst brachte einen Theil des Tages regelmäßig im Hotel der pr. Gesandschaft zu, wo er er seinerseits überwacht und inspirirt wurde. Das pr. Gesandtschafts-Hotel war also das eigentliche Treibhaus, wo das Original-Protokollbuch groß wuchs. Greif mußte also verschwinden. Er verschwand am 6. November 1852.

Das Originalprotokollbuch war nicht länger zu halten, selbst nicht als Notizenbuch. Prokurator Saedt bestattete es in seiner Replik auf die Vertheidigungsreden der Advokaten.

Man war also wieder da angelangt, von wo der Anklagesenat des Appellhofes ausging, als er eine neue Untersuchung verordnete, weil „k e i n o b j e k t i v e r T h a t b e s t a n d v o r l i e g e."

Das Begleit=Schreiben des rothen Kate= chismus.

In der Sitzung vom 27. Oktober bezeugt der Polizei-Inspektor J u n k e r m a n n aus Crefelt: „er habe ein Paquet mit Exemplaren des rothen Katechismus in Beschlag genommen, welches an den Kellner eines Crefelder Gasthofes adressirt und mit dem Poststempel Düsseldorf versehen war. Dabei lag ein Begleitschreiben ohne Unterschrift. Der Absender ist nicht ermittelt worden." „Das Begleitschreiben scheint, wie das öffentliche Ministerium bemerkt, von der Hand des Marx geschrieben."

„In der Sitzung vom 28. Oktober ersieht der Sachverständige (? ? ?) Renard in dem Begleitschreiben die Handschrift des Marx. Dies Begleitschreiben lautet:

„Bürger! Da Sie unser volles Vertrauen besitzen, so überreichen wir Ihnen hiermit 50 Exemplare des Rothen, die Sie Samstag den 5. Juni, Abends 11 Uhr, unter die Hausthüren anerkannt revolutionärer Bürger, am liebsten Arbeiter, zu schieben haben. Wir rechnen mit Bestimmtheit auf Ihre Bürgertugend und erwarten daher Ausführung dieser Vorschrift. Die Revolution ist näher als mancher glaubte. Es lebe die Revolution!

Berlin, Mai 1852. —
Gruß und Bruderschaft. Das Revolutions-Comitte."

Zeuge Junkermann erklärt noch: „daß die fraglichen Paquete an den Zeugen Chianella geschickt worden."

Polizei-Präsident Hinkeldey von Berlin leitet, während der Untersuchungshaft der Kölner Angeklagten dies Manöver als Obergeneral. Die Lorbeeren des Maupas lassen ihn nicht schlafen.

Während den Verhandlungen figuriren 2 Polizei-Direktoren, ein lebendiger und ein todter, 1 Polizei-Rath — aber der Eine war ein Stieber — 2 Polizei-Lieutenants, wovon der Eine beständig von London nach Köln, der Andere beständig von Köln nach London reis't, Myriaden von Polizeiagenten und Unteragenten, genannte, anonyme, heteronyme, pseudonyme, geschwänzte und ungeschwänzte. Endlich noch ein Polizei-Inspektor.

Sobald die Kölnische Zeitung mit den Zeugenverhören vom 27. und 28. Oktober in London eintraf, begab sich Marx zum Magistrat in Marlborough-Street, schrieb hier den in der Kölnischen Zeitung gegebenen Text des Begleitschreibens ab, ließ diese Abschrift beglaubigen und zugleich folgende an Eidesstatt gegebene Erklärung:

1) Daß er das fragliche Begleitschreiben nicht geschrieben;

2) daß er die Existenz desselben erst aus der Köln. Zeitung kennen gelernt;

3) daß er den sogenannten rothen Katechismus nie gesehen;

4) daß er nie in irgend einer Weise zur Verbreitung desselben beigetragen.

Im Vorbeigehen sei bemerkt, daß eine solche vor dem Magistrat gegebene Erklärung (declaration), wenn sie falsch ist, in England alle Folgen des Meineids nach sich zieht.

Das obige Dokument wurde an Schneider II. geschickt, erschien aber zugleich gedruckt im Londoner Morning Advertiser, da man sich im Laufe des Prozesses überzeugt hatte, daß die pr. Post mit Beobachtung des Postgeheimnisses die sonderbare Vorstellung verbindet, sie sei verpflichtet, die ihr anvertrauten Briefe vor dem Adressaten geheim zu halten. Die Oberprokuratur widersetzte sich der Vorlegung des Dokuments, sei es auch nur zur Vergleichung. Die Oberprokuratur wußte, daß ein einziger Blick von dem Original-Begleitschreiben auf die amtlich beglaubigte Abschrift von Marx den Betrug, die absichtliche Nachahmung seiner Schriftzüge selbst dem Scharfblicke dieser Geschwornen nicht verborgen lassen könnte. Im Interesse der Moralität des pr. Staates protestirte sie daher gegen jede Vergleichung.

Schneider II. bemerkte, „daß der Adressat Chianella, der der Polizei bereitwillige Auskunft über die muthmaßlichen Absender gegeben, und sich ihr direkt als Spion angeboten, nicht im Entferntesten an Marx gedacht habe."

Wer je eine Zeile von Marx gelesen hatte, konnte ihm unmöglich die Urheberschaft des melodramatischen Begleitschreibens aufbürden. Die Sommer-Mitternachts-Traumstunde des 5. Juni, die zudringlich-anschauliche Operation des Unterschiebens von „Rothem" unter die Hausthüren der Revolutionsphilister, — das konnte

etwa auf das Gemüth Kinkel hindeuten, wie die „Bürgertugend" und die „Bestimmtheit", womit auf militä-
rische „Ausführung" der gegebenen „Vorschrift gerech-
net wird", auf die Einbildungskraft Willich. Aber wie
sollten Kinkel-Willich dazu kommen, ihre Revolutions-
Rezepte in Marrische Handschrift zu setzen?

Wenn eine Hypothese über die noch nicht ganz aufgeklärte Entstehungsart dieses in nachgeahmter Handschrift befindlichen Begleitschreibens erlaubt ist: Die Polizei fand in Crefeld die 50 Nothen mit dem hochtönend
angenehmen Begleitschreiben. Sie ließ — zu Köln
oder Berlin, qu'importe? — den Text in Marrische
Noten setzen. Zu welchem Behuf? „Um ihrer Waare
einen desto höheren Werth zu geben."

Selbst die Oberprokuratur wagte indessen nicht, in
ihrer catilinarischen Rede auf dies Begleitschreiben zu
rekuriren. Sie ließ es fallen. Es trug also nicht bei
zur Konstatirung des mangelnden „objektiven
Thatbestandes."

VI. Die Fraktion Willich=Schapper.

Seit der Niederlage der Revolution von 1848—1849
verlor die proletarische Partei auf dem Continent, was
sie während jener kurzen Epoche ausnahmsweise besaß:
Presse, Redefreiheit und Associationsrecht, d. h. die lega-
len Mittel der Partei-Organisation. Die bürgerlich-li-
berale wie die kleinbürgerlich-demokratische Partei fanden
in der socialen Stellung der Klassen, die sie vertreten,
trotz der Reaktion die Bedingungen, unter einer oder der
andern Form zusammenzuhalten, und ihre Gemein-In-
teressen mehr oder minder geltend zu machen. Der proletarischen Partei stand nach 1849, wie vor 1848 nur
ein Weg offen — der Weg der geheimen Verbindung. Seit 1849 daher auf dem Continent eine ganze
Reihe geheimer proletarischer Verbindungen, von der
Polizei entdeckt, von den Gerichten verdammt, von den
Gefängnissen durchbrochen, von den Verhältnissen stets
wieder neu hergestellt.

Ein Theil dieser geheimen Gesellschaften bezweckte direkt den Umsturz der bestehenden Staatsmacht. Es war dies berechtigt in Frankreich, wo das Proletariat von der Bourgeoisie besiegt war und der Angriff auf die bestehende Regierung mit dem Angriff auf die Bourgeoisie unmittelbar zusammenfiel. Ein anderer Theil der geh. Gesellschaften bezweckte die Parteibildung des Proletariats, ohne sich um die bestehenden Regierungen zu kümmern. Es war dies nothwendig in Ländern wie Deutschland, wo Bourgeoisie und Proletariat gemeinsam ihren halb feudalen Regierungen unterlagen, wo also ein siegreicher Angriff auf die bestehenden Regierungen der Bourgeoisie oder doch den sogenannten Mittelständen, statt ihre Macht zu brechen, zunächst zur Herrschaft verhelfen mußte. Kein Zweifel, daß auch hier die Mitglieder der proletarischen Partei an einer Revolution gegen den status quo sich von Neuem betheiligen würden, aber es gehörte nicht zu ihrer Aufgabe diese Revolution vorzubereiten, für sie zu agitiren, zu conspiriren, zu komplottiren. Sie konnten den allgemeinen Verhältnissen und den direkt betheiligten Klassen diese Vorbereitung überlassen. Sie mußten sie ihnen überlassen, wollten sie nicht auf ihre eigne Parteistellung und auf die historischen Aufgaben verzichten, die aus den allgemeinen Existenzbedingungen des Proletariats von selbst hervorgehen. Für sie waren die jetzigen Regierungen nur ephemere Erscheinungen und der status quo nur ein kurzer Haltpunkt, woran sich abzuarbeiten einer kleinlich engherzigen Demokratie überlassen blieb.

Der „Bund der Kommunisten" war daher keine conspiratorische Gesellschaft, sondern eine Gesellschaft, die die Organisation der proletarischen Partei im Geheimen bewerkstelligte, weil das deutsche Proletariat igne et aqua, von Schrift, Rede und Association öffentlich interdicirt ist. Wenn eine solche Gesellschaft konspirirt, so geschieht es nur in dem Sinne, wie Dampf und Electricität gegen den Status quo conspiriren.

Es versteht sich, daß eine solche geheime Gesellschaft,

welche die Bildung nicht der **Regierungs-**, sondern der **Oppositionspartei** der **Zukunft** bezweckt, wenig Reiz bieten konnte für Individuen, die einerseits ihre persönliche Unbedeutendheit unter dem Theatermantel von Conspirationen aufspreizen, andererseits ihren bornirten Ehrgeiz am Tage der nächsten Revolution befriedigen, vor allem aber augenblicklich wichtig scheinen, an der Beute der Demagogie Theil nehmen und von den demokratischen Marktschreiern bewillkommt sein wollen.

Von dem Bunde der Kommunisten sonderte sich daher eine Fraktion ab, oder wurde eine Fraktion abgesondert, wie man will, die, wenn auch nicht wirkliche Konspirationen, doch den **Schein** der Konspiration und daher direkt Allianz mit den demokratischen Tageshelden verlangte — die Fraktion Willich-Schapper. Charakteristisch für sie, daß Willich mit und neben **Kinkel** als entrepreneur des deutsch-amerikanischen Revolutions-Anleihe-Geschäfts figurirt.

Das Verhältniß dieser Partei zur Majorität des Bundes der Kommunisten, der die Kölner angehörten, ist so eben angedeutet worden. Bürgers und Röser haben es prägnant und erschöpfend in den Kölner Assisenverhandlungen entwickelt.

Wir bleiben vor dem Schluß unsrer Darstellung stehen, um einen Rückblick auf das Verhalten der Fraktion Willich-Schapper während des Kölner Prozesses zu werfen.

Wie schon oben bemerkt wurde, beweisen die Data der von Stieber der Fraktion entwandten Dokumente, daß ihre Dokumente auch **nach** dem Reuter'schen Diebstahl immer noch den Weg zur Polizei zu finden wußten. Bis zu dieser Stunde schuldet die Fraktion die Erklärung dieses Phänomens.

Schapper kannte am besten die Vergangenheit Cherval's. Er wußte, daß Cherval von ihm 1846 und nicht von Marx 1848 in den Bund aufgenommen war u.s.w. Er bestätigt Stieber's Lügen durch sein Schweigen.

Die Fraktion wußte, daß der ihr angehörige Hake den

Drohbrief an den Zeugen Haupt schrieb, sie läßt den
Verdacht auf der Partei der Angeklagten lasten.

Moses Heß, der Fraktion angehörig, der Verfasser
des „rothen Katechismus," dieser unglücklichen
Parodie des Manifestes der kommunistischen Partei,
Moses Heß, der seine Schriften nicht nur selbst schreibt,
sondern auch selbst vertreibt, er wußte genau, an wen er
Partien von seinem „Rothen" abgelassen hatte. Er
wußte, daß Marx ihm den Reichthum an „Rothem" auch
nicht um das Maaß eines einzigen Exemplars geschmä-
lert hatte. Moses läßt ruhig auf den Angeklagten den
Verdacht, als hätte ihre Partei sein „Rothes" mit melodramatischen Begleitschreiben in der Rhein-Provinz
haussirt.

Wie durch ihr Schweigen macht die Fraktion gemein-
same Sache mit der pr. Polizei, durch ihr Sprechen.
Wo sie während der Verhandlungen auftritt, erscheint
sie nicht auf der Bank der Angeklagten, sondern als
„Königszeuge."

Hentze, Willich's Freund und Wohlthäter, der
Mitwissenschaft am Bunde geständig, bringt einige Wochen bei Willich in London zu und reist dann nach Köln,
um gegen Becker, gegen den viel weniger Indizien als
gegen ihn selbst vorliegen, die falsche Aussage zu machen,
Becker sei 1848 Bundesmitglied gewesen.

Hötzel, wie das Archiv Dietz ausweist, der Fraktion
angehörig, mit Geld von ihr unterstützt, schon einmal
wegen Theilnahme am Bund zu Berlin vor die Assisen
gestellt, erscheint als Zeuge gegen die Angeklagten. Er
zeugt falsch, indem er die exceptionelle Bewaffnung des
Berliner Proletariats während der Revolutionszeit in
einen erdichteten Zusammenhang mit den Bundes-Sta-
tuten bringt.

Steingens, durch seine eignen Briefe überführt
(Siehe Sitz. v. 18. Oktober) Hauptagent der Fraktion

in Brüssel gewesen zu sein, erscheint in Köln nicht als Angeklagter, sondern als Zeuge.

Nicht lange vor den Kölner Assisenverhandlungen schickten Willich und Kinkel einen Schneidergesellen als Emissair nach Deutschland. Kinkel gehört zwar nicht zur Fraktion, aber Willich war Mitregent der deutsch-amerikanischen Revolutionsanleihe.

Kinkel, schon damals von der später eingetroffenen Gefahr bedroht, sich und Willich von der Verwaltung der Anleihegelder durch die Londoner Garanten entsetzt und die Gelder selbst trotz seiner und Willichs entrüsteter Protestation nach Amerika zurückwandern zu sehen, Kinkel bedurfte gerade damals der Scheinmissionen nach und der Scheinkorrespondenzen mit Deutschen, theils um zu zeigen, daß dort überhaupt noch ein Gebiet revolutionärer Thätigkeit für ihn und die amerikanischen Dollars existire, theils um einen Vorwand für die enormen Correspondenz-, Porto- u. s. w. Kosten zu finden, die er und Freund Willich in Rechnung zu bringen verstanden. (Siehe das lithograph. Circular des Grafen O. Reichenbach.) Kinkel wußte sich ohne alle Verbindung, sei es mit den bürgerlichen Liberalen, sei es mit den kleinbürgerlichen Demokraten in Deutschland. Er nahm daher ein X für ein U, den Emissair der Fraktion für den Emissair des deutsch-amerikanischen Revolutionsbundes. Dieser Emissair hatte keine andere Aufgabe als gegen die Partei der Kölner Angeklagten unter den Arbeitern thätig zu sein. Man muß gestehen, der Augenblick war günstig gewählt, um noch vor Thoresschluß neuen Vorwand zu neuer Untersuchung zu geben. Die pr. Polizei war vollständig über die Person, den Tag der Abreise und die Reiseroute des Emissairs unterrichtet. Woher? werden wir sehen. In den geh. Versammlungen, die er zu Magdeburg hält, waren ihre Spione zugegen und berichteten über die Debatten. Die Freunde der Kölner in Deutschland und London zitterten.

Wir haben oben erzählt, daß Hirsch am 6. November

vor dem Magiſtrat zu Bow-Street geſtand, das Original-Protokollbuch unter Leitung von Greif und Fleury
fabricirt zu haben; Willich vermochte ihn zu dieſem
Schritt, Willich und der Gaſtwirth Schertner begleiteten
ihn zum Magiſtrat. Hirſch's Bekenntniß wurde in drei
verſchiedenen Exemplaren ausgefertigt und dieſe unter
verſchiedenen Adreſſen durch die Poſt nach Köln verſandt.

Es war von der höchſten Wichtigkeit, den Hirſch, wie
er die Schwelle des Gerichtshofs verließ, ſofort zu verhaf-
ten. Auf Grund der bei ihm befindlichen, amtlich beglaubigten Ausſage konnte der in Köln verlorene Prozeß
in London wieder gewonnen werden. Wenn nicht für
die Angeklagten, ſo doch gegen die Regierung. Willich
that dagegen Alles, um einen ſolchen Schritt unmöglich
zu machen. Er beobachtet nicht nur gegen die direkt be-
theiligte Partei Marx, ſondern gegen ſeine eignen Leute,
ſogar gegen Schapper, das tiefſte Stillſchweigen. Nur
Schertner war in ſein Geheimniß eingeweiht. Schertner
erklärt, er und Willich hätten den Hirſch an's Schiff be-
gleitet. Hirſch habe nämlich, Willich's Intention gemäß,
in Cöln gegen ſich ſelbſt Zeugniß ablegen ſollen.

Willich unterrichtet den Hirſch von dem Weg, den die
Dokumente nehmen werden, Hirſch die preußiſche Geſandtſchaft, die preußiſche Geſandtſchaft die Poſt. Die Dokumente kommen nicht an ihrem Beſtimmungsort an; ſie ver-
ſchwinden. Später taucht der verſchwundene Hirſch wieder
zu London auf und erklärt in einer öffentlichen Demo-
kraten-Verſammlung, Willich ſei ſein Complice.

Willich, auf eine Interpellation, geſteht, mit Hirſch, der
ſchon im Jahre 1851 auf ſeinen Antrag als Spion aus
dem Great Windmill-Verein ausgeſtoßen wurde; ſeit Anfang Auguſt 1852 wieder in Verbindung geſtanden zu
haben. Hirſch habe ihm nämlich den Fleury als preußi-
ſchen Spion verrathen und ihm dann alle an Fleury ein-
gehenden und von ihm ausgehenden Briefe zur Kenntniß-

nahme mitgetheilt. Er, Willich, habe sich dieses Mittels
bedient, um die preuß. Polizei zu überwachen.

Willich war notorisch seit ungefähr einem Jahre der
intime Freund Fleury's, von dem er Unterstützungen
empfing. Wenn aber Willich seit August 1852 wußte,
daß Fleury preußischer Spion und zugleich von dessen
Treiben unterrichtet war, wie kommt es, daß er das
Originalprotokollbuch nicht kannte?

daß er erst intervenirt, nachdem die preußische Regierung
selbst den Fleury als Spion v e r r a t h e n hat?

daß er in einer Weise intervenirt, die im besten Fall seinen
Verbündeten Hirsch aus England und die amtlich beglau-
bigten Beweismittel für die Schuld Fleury's aus den
Händen der Partei Marx schafft?

daß er fortfuhr, Unterstüzungen von Fleury zu beziehen,
der mit einem von ihm erhaltenen reçu für 15 Pfund
Sterling renommirt?

daß Fleury in der deutsch-amerikanischen Revolutionsanleihe fortoperirt?

daß er dem Fleury Lokal und Zusammenkunftsort seiner
eigenen geheimen Gesellschaft angibt, so daß preußische
Agenten im Nebenzimmer die Debatten zu Protokoll
nehmen?

daß er den Fleury von der Reiseroute des obengenannten
Emissärs, des Schneidergesellen unterrichtet und sogar
Geld für diese Missionsreise von ihm empfängt?

daß er endlich dem Fleury erzählt, er habe den bei ihm
wohnenden Hentze instruirt, wie er vor den Cölner Assisen
g e g e n Becker auszusagen habe? (Note A). Man muß
gestehen, — que tout cela n'est pas bien clair.

Note A. Über das Verhältniß von Willich und Becker:
„Der Willich schreibt mir die lustigsten Briefe; ich antworte
nicht, er läßt sich aber nicht abhalten, mir seine neuen Revolu-
tionspläne auseinanderzusetzen. Er hat mich bestimmt, die

VII. Das Urtheil.

In dem Maaße, wie die Polizei-Mysterien sich aufklär-
ten, erklärte sich die öffentliche Meinung für die Angeklagten. Als der Betrug des Originalprotokollbuchs enthüllt war, erwartete man allgemein die Freisprechung.
Die „Cölnische Zeitung" sah sich veranlaßt, eine Knie-
beugung vor der öffentlichen Meinung und eine Wendung
gegen die Regierung zu machen. Kleine, den Angeklagten günstige, und den Stieber verdächtigende Notizen ver-
irrten sich auf einmal in Spalten, die früher nur den Po-
lizei-Insinuationen offengestanden hatten. Die pr. Regierung selbst gab die Parthie verloren. Ihre Corres-
pondenten in Times und Morning-Chronikle begannen
plötzlich die öffentliche Meinung des Auslandes auf einen
ungünstigen Ausgang vorzubereiten. Wie verderblich
und ungeheuerlich die Lehren der Angeklagten, wie ab-
scheulich die bei ihnen vorgefundenen Dokumente auch sein
möchten, Thatsächliche Beweise eines Complotts lägen
nicht vor, eine Verurtheilung sei daher kaum wahrschein-
lich. So kopfhängerisch resignirt schrieb der Berliner
Korrespondent der Times, das servile Echo der Befürch-
tungen, die in den höchsten Kreisen der Spreestadt cirku-
lirten. Um so ausgelassener war der Jubel des Byzan-
tinischen Hofs und seiner Eunuchen, als der elektrische

Kölner Besatzung zu revolutioniren!!! Wir haben neulich uns
den Bauch gehalten vor Lachen. Er wird mit seinen Dumm-
heiten noch ungezählte Menschen in's Pech bringen; denn ein
einziger Brief könnte hundert Demagogenrichtern 3 Jahre lang
das Gehalt sichern. Wenn ich die Kölner Revolution fertig
hätte, so wäre er nicht abgeneigt, die Leitung der weiteren
Operationen zu übernehmen. Gar zu freundlich."
(Aus einem Brief von Becker an Marx, den 27. Jan. 1851.)

Telegraph das "Schuldig" der Geschwornen von Köln nach Berlin blitzte.

Mit der Enthüllung des Protokollbuchs war der Proceß in ein neues Stadium getreten. Es stand den Geschworenen nicht mehr frei, die Angeklagten schuldig oder nichtschuldig, sie mußten jetzt die Angeklagten schuldig finden — oder die Regierung. Die Angeklagten freisprechen hieß die Regierung verurtheilen.

Zu seiner Replik auf die Vertheidigungsreden der Advokaten ließ Prokurator Saedt das Originalprotokollbuch fallen. Er wolle nicht von einem Dokumente Gebrauch machen an dem solch ein Makel hafte, er selbst halte es für „unecht", es sei ein „unseliges" Buch, es habe viel unnützen Zeitverlust verursacht, zur Sache selbst trage es nichts bei, Stieber habe sich aus lobenswerthem Diensteifer mystificiren lassen rc.

Aber die Prokuratur selbst hatte in ihrer Anklage behauptet, das Buch enthalte „viel Wahres". Weit entfernt, es für unecht zu erklären, hatte sie nur bedauert, seine Echtheit nicht beweisen zu können. Mit der Echtheit des von Stieber beschworenen Originalprotokollbuchs fiel die Echtheit der von Stieber beschworenen Aussage des Cherval zu Paris, auf die Saedt in seiner Replik noch einmal zurückkommt, fiel alles Thatsächliche, was die angestrengteste Thätigkeit aller Behörden des pr. Staats während 1½ Jahren aufgestiebert hatte. Die auf den 28. Juli angekündigte Assisenverhandlung war für 3 Monate sistirt worden. Warum? Wegen Krankheit des Polizei-Direktors Schulz. Und wer war Schulz? Der ursprüngliche Entdecker des Originalprotokollbuchs. Gehen wir weiter zurück. Januar und Februar 1852 waren Haussuchungen bei der Frau Doktor Daniels gehalten worden. Auf welchen Grund? Auf Grund der ersten Seiten des Originalprotokollbuchs, die Fleury dem Schulz übersandt hatte, die Schulz an das Polizei-Direktorium in Köln, die das Polizei-Direktorium zu Köln an den Untersuchungsrichter gelangen ließ, die den

Unterfuchungsrichter in die Wohnung der Frau Doktor Daniels führten.

Troh des Complottes Cherval hatte der Anklagesenat im Oktober 1851 noch immer nicht den mangelnden Thatbestand gefunden und daher auf Befehl des Ministeriums eine neue Untersuchung angeordnet. Wer führte diese Untersuchung? Polizeidirektor Schulz. Schulz also sollte den Thatbestand finden. Was fand Schulz? Das Originalprotokollbuch. Alles neue Material, das er herbeischaffte, beschränkte sich auf die losen Blätter des Protokollbuchs, die Stieber nachher vervollständigen und zusammenbinden ließ. Zwölfmonatliches Zellengefängniß für den Angeklagten, um dem Originalprotokollbuch die nöthige Zeit zur Geburt und zum Wachsthum zu geben! Bagatellen, ruft Saedt, und findet schon darin den Beweis der Schuld, daß Vertheidiger und Angeklagte 8 Tage brauchen, um einen Augiasstall zu leeren, den voll zu machen alle Behörden des pr. Staats sich 1½ Jahre lang bewegen und die Angeklagten 1½ Jahre sitzen. Das Originalprotokollbuch war kein einzelner Incidenzpunkt, es war der Knotenpunkt, worin alle Fäden der Reg. Thätigkeit zusammenliefen, Gesandtschaft und Polizei, Ministerium und Magistratur, Procuratur und Postdirektion, London, Berlin und Köln. Das Originalprotokollbuch machte so viel zur Sache, daß es erfunden wurde, um überhaupt eine Sache zu machen. Couriere, Depeschen, Postunterschlagungen, Verhaftungen, Meineide, um das Originalprotokollbuch aufrecht zu erhalten. Falsa, um es zu schaffen, Bestechungsversuche, um es zu rechtfertigen. Das enthüllte Mysterium des OriginalProtokollbuchs war das enthüllte Mysterium des Monsterprocesses.

Ursprünglich war die wunderwirkende Intervention der Polizei nöthig gewesen, um den reinen Tendenz-Charakter des Prozesses zu verstärken. Die bevorstehenden Enthüllungen, so eröffnete Saedt die Verhandlung — werden Ihnen, meine Herrn Geschwornen, beweisen, daß

der Proceß kein Tendenz-Proceß ist. Jetzt hebt er den
Tendenz-Charakter hervor, um die Polizeienthüllungen
vergessen zu machen. Nach der 1½ jährigen Voruntersuchung bedurften die Geschworenen eines objektiven
Thatbestandes, um sich vor der öffentlichen Meinung zu
rechtfertigen. Nach der 5wöchentlichen Polizei-Komödie
bedurften sie der „reinen Tendenz," um sich aus dem
thatsächlichen Schmutz zu retten. Saedt beschränkt sich
daher nicht nur auf das Material, das den Anklagesenat
zu dem Urtheil veranlaßte: „es kein objektiver Thatbestand vorhanden." Er geht weiter. Er sucht nachzuweisen, daß das Gesetz gegen Complott überhaupt keinen
Thatbestand verlangt, sondern ein reines Tendenzgesetz
ist, also die Kategorie des Complotts nur ein Vorwand
ist, um politische Ketzer in Form Rechtens zu verbrennen.
Sein Versuch versprach größern Erfolg durch Anwendung
des nach der Verhaftung der Angeklagten promulgirten
neuen pr. Strafgesetzbuchs. Unter dem Vorwand, dies
Gesetzbuch enthalte mildernde Bestimmungen, konnte der
servile Gerichtshof dessen retroactive Anwendung zulassen.

War aber der Prozeß ein reiner Tendenzprozeß, wozu
die 1½jährige Voruntersuchung? Aus Tendenz.

Da es sich also einmal um Tendenz handelt, sollen
wir nun die Tendenz prinzipiell mit einem Saedt-Stieber-
Seckendorf, mit einem Göbel, mit einer pr. Regierung,
mit den 300 meist Besteuerten des Reg.-Bezirks von
Köln, mit dem Königl. Kammerherrn von Münch-Bellinghausen und mit dem Freiherrn von Fürstenberg dis-
cutiren? **Pas si bete.**

Saedt gesteht, (Sitzung vom 8. Novbr.) „daß als ihm
vor wenigen Monaten der Auftrag zu Theil wurde und
zwar durch den Hrn. Oberprokurator, das öffentliche
Ministerium mit ihm in dieser Sache zu vertreten und
als er in Folge dessen die Akten durchzulesen begann, er
zuerst auf die Idee kam, sich mit dem Communismus und
Socialismus etwas näher zu beschäftigen. Er fühlte sich

deshalb um so mehr gedrungen, den Geschwornen das
Resultat seiner Nachforschungen mitzutheilen, als er von
der Unterstellung ausgehen zu dürfen glaubte, daß vielleicht manche unter ihnen, - gleich ihm, sich damit noch
wenig beschäftigt hätten."

Saedt kauft sich also das bekannte Compendium vom Stein.

„Und was er heute gelernt, das will er morgen schon lehren."

Aber das öffentliche Ministerium hatte ein eigenthüm-
liches Unglück. Es suchte den objektiven Thatbestand
Marx und es fand den objektiven Thatbestand Cherval.
Es sucht den Communismus, den die Angeklagten propa-
giren, und es findet den Communismus, den sie bekämpft
haben. Im Compendium Stein finden sich allerdings
allerlei Sorten von Communismus, nur nicht die Sorte,
die Saedt sucht. Stein hat den deutschen, den kritischen
Communismus noch nicht registrirt. Allerdings befindet sich in Saedt's Händen das „Manifest der communistischen Partei," das die Angeklagten als das Manifest ihrer Partei anerkennen. In diesem Manifest befindet sich
wieder ein Capitel, das die Kritik der ganzen bisherigen
socialistischen und communistischen Literatur, also der ganzen von Stein registrirten Weisheit enthält. Aus diesem Capitel muß sich der Unterscheed der angeklagten communistischen Richtung von allen früheren Richtungen des
Communismus ergeben, also der specifische Inhalt und
die specifische Tendenz der Lehre, gegen die Saedt requi-
rirt. Kein Stein half bei diesem Stein des Anstoßes.
Hier mußte man verstehen, sei es auch nur um zu verkla-
gen. Wie hilft sich nun der von Stein im Stiche gelas-
sene Saedt? Er behauptet: „Das Manifest besteht aus
3 Abschnitten. Der erste Abschnitt enthalte eine
historische Entwicklung der gesellschaftlichen Stellung der
verschiedenen Bürger (!) vom Standpunkt des Communismus. (very fine) .. Der zweite Abschnitt entwick-
ele die Stellung der Communisten gegenüber den Prole-
tariern. . . Endlich im letzten Abschnitt werde über die
Stellung der Kommunisten in den verschiedenen Ländern
gehandelt. . . !! (Sitz. vom 6. Nov.)

Das Manifest besteht nun allerdings aus 4 Abschnitten und nicht aus 3, aber was ich nicht weiß, macht mich nicht heiß. Saedt behauptet daher, es bestehe aus 3 Abschnitten und nicht aus 4. Der Abschnitt der nicht für ihn besteht, ist derselbe unselige Abschnitt, der die Kritik des von Stein protokollirten Communismus, also die s p e - c i f i s c h e T e n d e n z des angeklagten Communismus enthält. Armer Saedt! Erst fehlt ihm der T h a t b e s t a n d , jetzt fehlt ihm die T e n d e n z.

Aber grau, theurer Freund, ist alle Theorie. Die sogenannte sociale Frage, bemerkt Saedt, und ihre Lösung hat in neuerer Zeit Berufene und Unberufene beschäftigt." Saedt gehört jedenfalls zu den Berufenen, denn der Oberprokurator Seckendorf hat ihn amtlich vor 3 Monaten zum Studium des Socialismus und Communismus „berufen". Die Saedt's aller Zeiten und aller Orten haben von jeher darin übereingestimmt, den Galiläi für „unberufen" zur Erforschung der Himmelsbewegung, den Inquisitor aber, der ihn verketzerte, für „berufen" zu erklären. E por si muove.

In den Angeklagten stand den als Jury herrschenden Klassen das revolutionäre Proletariat waffenlos gegenüber; die Angeklagten waren also verurtheilt, weil sie vor dieser Jury standen. Was das bürgerliche Gewissen der Geschwornen einen Augenblick erschüttern konnte, wie es die öffentliche Meinung erschüttert hatte, war die blosgelegte Reg.-Intrigue, die Corruption der pr. Regierung, die sich vor ihren Augen enthüllt hatte. Aber, sagten sich die Geschworenen, aber wenn die pr. Regierung so infame und zugleich so waghalsige Mittel gegen die Angeklagten riskirt, wenn sie so zu sagen ihren europäischen Ruf auf's Spiel gesetzt hat, nun dann müssen die Angeklagten, kleine Partei so viel man will, verdammt gefährlich und jedenfalls muß ihre Lehre eine Macht sein. Die Reg. hat alle Gesetze des Criminalcodex verletzt, um uns vor dem criminellen Ungeheuer zu schützen. Verletzen wir unsererseits unser bischen point d'honneur, um die Ehre der Regierung zu retten. Seien wir dankbar, verurtheilen wir.

Rheinischer Adel und rheinische Bourgoisie stimmten mit ihrem S ch u l d i g in den Schrei ein, den die franz. Bourgeoisie nach dem 3. Dez. ausstieß: „nur noch der Diebstahl kann das Eigenthum retten, nur noch der Meineid die Religion, nur noch das Bastardthum die Familie, nur noch die Unordnung die Ordnung!"

Das ganze Staatsgebäude hat sich in Frankreich prostituirt. Und doch hat sich keine Institution so tief prostituirt, wie franz.Gerichtshöfe und Geschworne. Uebertreffen wir die franz. Geschwornen und Richter, riefen Jury und Gerichtshof zu Köln. In dem Proceß Cherval, unmittelbar nach dem Staatsstreich, hatte die Pariser Jury den Nette freigesprochen, gegen den mehr vorlag als gegen e i n e n der Angeklagten. Uebertreffen wir die Jury des Staatsstreichs vom 2. Dez. Verurtheilen wir in Röser, Bürgers 2c. nachträglich den Nette.

So ward der Aberglaube an die Jury, der in Rheinpreußen noch wucherte, für immer gebrochen. Man begriff, daß die Jury ein Standgericht der priviligirten Klassen ist, eingerichtet, um dieLücken des Gesetzes durch die Brute des bürgerlichen Gewissens auszufüllen.

J e n a ! . . . das ist das letzte Wort für eine Regierung, die solcher Mittel zum Bestehen und für eine Gesellschaft, die solch einer Regierung zum Schutz bedarf. Das ist das letzte Wort des Kölner Communistenprocesses. . . . **Jena!**